KB200293

우리는 사소한 것에 목숨을 건다

옮긴이 **강미경**

1964년 제주에서 출생하여, 이화여자대학교 영어교육학과를 졸업했다.
옮긴 책으로는 ≪홀로서기를 꿈꾸는 여자≫ ≪장군의 경영학≫
≪위기관리 능력≫ ≪영화로 본 새로운 역사≫ ≪아킬레스 신드롬≫
등이 있다. 현재 전문번역가로 활동하고 있다.

우리는 사소한 것에 목숨을 건다

리처드 칼슨 지음
강미경 옮김

1판 1쇄 발행	2000년 3월 15일
1판65쇄 발행	2003년 12월 10일
2판 1쇄 발행	2004년 9월 15일
2판37쇄 발행	2011년 5월 6일
3판 1쇄 발행	2011년 7월 29일 (개정증보판)
3판 7쇄 발행	2012년 11월 15일

발행인 이태선
발행처 창작시대사

서울특별시 마포구 연남동 228-4
대표전화 02) 325-5355
팩시밀리 02) 325-5385
이메일 changzak@naver.com

등록번호 제2-1150호
등록일자 1991년 4월 9일

ISBN 978-89-7447-175-0 03840

우리는
사소한 것에
목숨을 건다

리차드 칼슨 지음   강미경 옮김

고달픈 인생을 행복하게 만들기 위해
꼭 알아야 할, 아주 쉽고 독특한 이야기

창작시대

우리는 행복해질 권리가 있다

행복한 삶은 모든 인간의 간절한 소망이지만 이를 성취하는 사람은 거의 없다.

행복의 특징을 꼽으라면 감사하는 마음, 내적인 평화, 만족, 우리 자신과 다른 사람들에 대한 애정 등을 들 수 있다. 그 중에서도 우리의 가장 자연스러운 마음 상태는 만족과 기쁨을 누리는 것이다.

본래부터 타고난 긍정적인 감정을 발견하고 우리의 행복을 가로막는 장애물들을 없앤다면, 우리는 훨씬 더 의미 있고 아름다운 삶을 경험하게 될 것이다. 나아가 이들 긍정적인 감정은 변화하는 환경과 함께 생겼다 사라지는 일시적인 감정이 아니라, 우리의 삶 속에 스며들어 우리의 일부가 된다.

이러한 마음의 상태를 찾으면, 우리를 둘러싼 환경과는 상관없이 훨씬 편안하고 느긋한 마음의 상태를 유지할 수 있다.

이처럼 여유 있는 상태에서는 삶이 덜 복잡해 보일 뿐만 아니라 골치 아픈 문제들도 줄어들게 된다. 그 이유는 기분이 좋을 때 우리는 우리가 가진 지혜와 상식에 훨씬 더 가까이 다가갈 수 있기 때문이다.

우리는 기분이 좋을 때 덜 민감하고, 덜 방어적이고, 덜 비판적이고자 하는 경향이 있다. 그렇게 되면 좀 더 합리적인 결정을 하게 될 뿐만 아니라, 대화도 훨씬 효과적으로 하게 된다.

이제 당신은 이들 긍정적인 감정으로부터 당신을 떼어놓았던 심리적 장애물, 다시 말해 그 동안 당신이 지나치게 심각하게 받아들였던 불안한 생각들에서 벗어나 당신 자신을 발견하고 보호하는 법을 배우게 될 것이다.

이 책은 행복이라는 감정에 이르는 방법을 당신에게 친절하게 제시해 줄 것이다.

어떠한 어려운 문제와 마주치더라도 자신의 삶에 대해 진정으로 만족을 느낄 때, 당신은 생각했던 것보다 훨씬 쉽고 효과적으로 그 문제를 해결할 수 있을 것이다.

행복에 이를 수 있다는 항간의 방법들은, 한결같이 당신에게 불행을 극복하기 위한 어떤 행위를 요구하거나 주위 환경을 변화시켜야한다고 부추긴다.

그러나 당신을 불행하게 하는 것은 외부 환경이 아니라 당신 자신이다. 당신의 행복은 마음먹기에 달려 있는 것이다. 예를 들어 당신이 만약 행복해지기 위해 여행이 필요하다고 생각한다면, 당신은 어려운 문제가 생길 때마다 여행을 가야만 될 것이다. 그러나 어려울 때마다 항상 여행을 갈 수는 없는 일이다. 이러한 행위를 해야 한다는 것은 번거로울 뿐 아니라 일시적인 치료에 불과하다.

하지만 당신이 행복은 마음먹기에 달려 있다는 사실을 알고 부정적인 생각에 더 이상 휘둘리지 않는다면, 즉 만족을 느낀다면, 당신의 참다운 지혜와 상식이 그 동안 무거운 근심과 마음속의 복잡한 혼란 속에 가려져 있던 해결책과 대안을 볼 수가 있다.

만족하는 삶은 충만한 삶의 기초이다. 만족은 좋은 관계와 일에 대한 만족감, 양육 기술- 물론 부모인 사람들에 한해- , 나아가 풍요로운 삶을 사는 데 필요한 지혜와 상식을 가져다 준다.

만족하지 못하는 삶은, 복잡한 문제들과 씨름하느라 너무 바쁜 나머지 삶의 아름다움을 즐기지 못하는 전장과도 같다.

우리는 근심과 걱정에 마음을 빼앗긴 채 언젠가는 사정이 나아지기를 바라면서 만족하기를 뒤로 미룬다. 그러나 그 동안 삶은 우리 손에서 스스로 빠져 나가고 있다.

만족감은 여유 있는 삶의 태도, 그러니까 작은 것에도 감사하는 마음의 물길을 열어줌으로써 결국은 삶이라는 훌륭한 선물에 대해 고마워하는 마음을 얻을 수 있다.

삶에 대한 이러한 새로운 이해법은 살아가면서 만나게 되는 모든 도전에 적용될 수 있다. 당신은 그때그때 파생 되는 문제를 해결하기 위해 구태여 복잡한 기술이나 적응 방법을 배울 필요가 없다. 당신은 그저 좀 더 만족스런 마음의 상태, 즉 행복한 감정을 느끼며 살아가는 방법을 배우면 된다.

이 책의 목적은 당신이 행복을 좀 더 자주 경험할 수 있도록 도와주려는 데 있다. 당신이 평화로운 마음 상태로 살아가는 법을 배울 경우, 만족과 행복이 사실은 주변 환경으로부터 독립되어 있다는 사실을 깨달을 것이다.

당신이 평소 행복한 감정을 갖게 될 때 덤으로 딸려오는 부산물 중 하나는 골치 아픈 문제들이 저절로 해결된다는 것이다.

실제로 마음속에 근심이 적으면 적을수록 더 명쾌하고 더 현명한 생각을 할 수 있다.

우리의 마음은 지금 이 순간에도 우리에게 유리하게, 혹은 불리하게 작용할 수 있다. 삶에 역행하지 않고 순응하며 살아간다면, 우리는 만족이라는 자연스러운 상태로 되돌아갈 수 있다.

앞으로 소개할 다섯 가지 원리들은 어떻게 하면 좀 더 많은 시간을 긍정적인 감정으로 생활해 나갈 수 있는지, 그 방법을 가르쳐 줄 것이다. 이 방법을 당신의 삶을 인도하는 항해 도구로 사용해서 진정한 행복에 이르기 바란다.

월넛크리크, 캘리포니아에서 리처드 칼슨

차례

part 3 | 감정의 원리

part 4 | 관계의 원리

생각의 원리

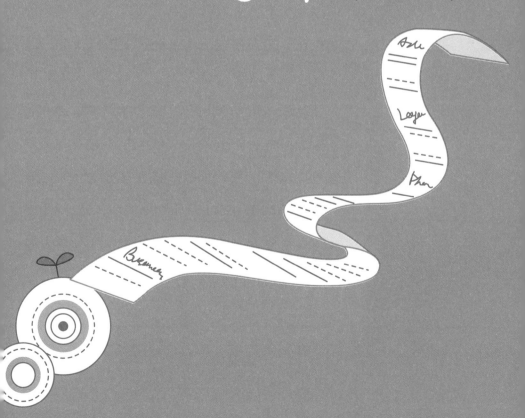

나는 생각한다, 고로 존재한다

생각은 현실이 아니라 인간이 가진 하나의 능력일 뿐이라는 사실을 깨닫는 순간, 우리는 모든 부정적인 생각을 버릴 수 있다. 그래야만 행복이라는 긍정적인 감정이 부정적인 감정을 밀어내고 당신의 마음속에 자리 잡기 시작할 것이다. 성공할 수 있다는 믿음과 말은 성공을 부르지만 실패하지 않을까 하는 두려움은 항상 실패를 부른다.

01
사소한 짜증을 거대한
스트레스로 키우지 마라

고난의 시기에 동요하지 않는 것,
이것은 진정 칭찬받을 만큼 뛰어난 인물이라는 증거다.
— 베토벤 —

우리의 생각은 스트레스와 어떤 관계가 있을까? 비
유적으로 설명한다면 물과 정원, 혹은 햇볕과 정원의
관계와 같다. 물과 햇볕이 정원을 풍성하게 하는 것처
럼 무언가에 대해 생각하거나 집중을 하면 할수록, 우리가 관심을 갖는
대상은 우리의 마음속에서 점점 자라난다.

예를 들어 어떤 대상을 보면서 성가시다고 여기면, 그에 대해 너무 집
착하게 되고 사소한 짜증이 거대한 스트레스로 자라날 수가 있다. 많은
사람들이 사소한 문제로 인해 괴로워하는 것은 그 사소한 문제를 자신의
내부에서 키우기 때문이다.

가령, 당신이 다음과 같은 명제에서 출발한다고 가정해 보자.

'난 그녀가 그다지 좋은 줄 모르겠어.'

이제 이러한 생각이 머릿속에 떠올랐기 때문에 두 가지 중 한 가지 일이 일어날 수 있다. 곧 지나가는 생각일 뿐이라고 무시해 버리거나, 거기에 집중하면서 그 생각을 키워 나가는 것이다.

그 생각을 그냥 흘려버린다면, 당신의 생각은 다른 관심 사항으로 옮겨 갈 것이다. 그렇지 않은 경우 당신은 그녀와 앞으로 어떻게 지내야 할지, 얼마만큼 거리를 두고 그를 경계해야 할지 걱정해야 할 것이다.

이처럼 한 가지 생각에 집중한다면, 그 생각은 점점 커질 테고 당신은 그 때문에 스트레스를 받게 될 것이다.

당신은 아마도 그녀의 나쁜 점을 마구 들추어내고 싶은 충동에 사로잡히게 될 것이다. 그리고 그녀가 당신에게 좋은 친구가 되어 주지 못했던 때나 당신이 싫어하는 일을 했을 때를 상기할 것이다.

이제 당신은 화가 나면서 스트레스를 받기 시작한다. 당신은 친구들에게 그녀에 대해 이야기하면서, 자신의 이야기가 어떻게 받아들여지는지를 살핀다. 어떤 사람들은 동의하고, 어떤 사람들은 동의하지 않는다. 그러면 당신은 동의하지 않는 사람들에게 악의를 품을 것이고 좋지 않은 감정을 품을 것이다.

다른 사람들에 대한 나쁜 감정이 당신의 행동을 정당화해 주면서 곧이어 그녀는 당신에게 정말 스트레스를 주는 나쁜 사람이 될 것이다.

하지만 그것이 당신이 원하던 결론이었을까? 그녀를 나쁜 사람으로 만들었다고 해서 당신이 스트레스로 괴로움을 당했던 순간이 보상될 수 있을까?

이와 같은 전개는 모든 상황에 적용된다.

당신은 치약을 짜는 습관과 같은 사소한 문제가 결혼 생활을 파탄으로 이끄는 결정적인 이유로 작용했다는 이야기를 들어 본 적이 있을 것이다. 그러나 당연한 이야기지만, 치약을 짜는 습관은 결혼생활을 파탄으로 이끌 만큼 큰 문제가 아니다. 그것이 결혼생활을 파탄으로 이끈 근본적인 이유는 당사자가 그 문제를 늘 지나치게 심각하게 생각했기 때문이다.

'저 사람은 치약을 왜 꼭 저런 식으로 짤까?'

이런 생각은 계속 꼬리를 물고 과거의 일들을 들추고, 감정을 악화시킨다.

'언제 봐도 저 사람은 일에 앞뒤가 없었어.'

'날 괴롭히려고 저러는 게 틀림없어.'

'우리가 만난 뒤로 저 사람은 늘 저랬어. 어떻게 된 게 내 신경을 박박 긁는 일만 한단 말이야.'

이러한 생각의 흐름은 자기도 모르는 사이 순식간에 진행되기 때문에 그 상처도 치명적이다.

스트레스는 덧나기 쉬운 상처와 같다. 그것에 집착하거나 몰두하면 할수록 덧나는 상처처럼 스트레스도 건드리면 건드릴수록 무한하게 확장되고 악화 되는 것이다.

이러한 과정에 대한 이해가 깊어질수록, 스트레스 받는 일을 자꾸만 생각하는 것이 당신의 생각을 다른 사람들에게 전달하는 데 마이너스로 작용한다는 사실을 깨달을 것이다.

02

왜곡된 생각이
스트레스를 부른다

고민은 어떤 일을 시작하였기 때문에 생기기보다는
일을 할까 말까 망설이는 데에서 더 많이 생긴다.
성공하고 못하고는 하늘에 맡겨두는 게 좋다.
−B.러셀−

스트레스를 좋아하는 사람이 있을까? 산업사회가
고도로 발달하면서 계층이 분화되고, 경쟁이 치열해
지면서 스트레스는 현대인의 숙명 같은 것이 되어 버
렸다.

사람들에게 스트레스는 반드시 해결해야 할 가혹한 현실적 문제이다.
스트레스는 꽤 일반화되어 있어서 우리가 스트레스를 받지 않는 것처럼
보이면 다른 사람들이 불쾌하게 여길 정도가 되었다. 스트레스 전문치료
사조차도 자신의 스트레스 앞에서는 속수무책이다.

스트레스는 성취와 관계, 경력처럼 삶의 필요한 부분이라고 간주되고
있다. 이제 스트레스라는 말은 우리 삶에서 잘못된 것을 기술하고, 정당
화하고, 설명할 때 꼭 등장하는 일종의 법칙이 되었다. 실제로 대부분의

사람들은 '스트레스를 조금만 덜 받아도 내 삶이 훨씬 나아질 텐데' 라는 생각을 가지고 있다.

스트레스가 불안과 불만족의 주된 원인인 것은 확실하지만, 그렇다고 해서 그것을 해결하기 위해서 우리의 생활 전부를 넘겨줄 필요는 없다. 스트레스가 바로 우리 자신의 마음속에서 비롯된다는 것을 이해하고, 나아가 스트레스와 우리의 생각과의 관계를 이해한다면, 우리가 처한 환경과 상관없이 스트레스를 없앨 수 있다.

스트레스는 사회적으로 용인되는 정신 질환의 한 형태에 불과하며, 대개는 없앨 수 있다. 중요한 것은, 스트레스는 우리에게 일어나는 것이 아니라 우리의 생각 속에서 생겨난다는 사실을 깨닫는 것이다.

어떤 사람에게는 도박이 짜릿한 흥분을 안겨 줄 수 있지만, 어떤 사람에게는 신경쇠약의 원인이 될 수 있다. 어떤 사람에게는 아이를 낳는 것이 삶의 목적일 수 있지만, 어떤 사람에게는 무거운 짐이 될 수도 있다. 어떤 사람에게는 강간 피해자를 돌보는 것이 가치 있는 일이 될 수 있지만, 어떤 사람에게는 꺼림칙한 일로 여겨질 수 있다.

다시 말해, 모든 일 그 자체가 스트레스를 유발하지는 않는다. 그것에 대한 왜곡된 생각이 스트레스를 부르는 것이다. 이런 사실을 이해하면, 스트레스라는 것이 얼마나 주관적이고 불연속적인지를 깨닫게 될 것이다. 또한 자연스럽게 그 치유책도 찾을 수 있을 것이다.

03

스트레스도 잘 이용하면
약이 된다

시련이 사람을 만든다. 우리는 교훈을 배우기 위해 세상에 왔으며,
세상은 우리의 스승이다.
–앤드류 매튜스–

 몇 년 전까지만 해도 나는 많은 사람들 앞에서 강연
을 하는 것이 -나의 주된 일임에도 불구하고- 스트레스
를 많이 받는 일이라고 믿었다. 강연을 할 때마다 나는
지금 내가 극심한 스트레스를 받고 있다고 생각했다. 강연 도중 식은땀을
줄줄 흘리면서 엄청난 초조감에 시달리곤 했다.

강연 후에도 불완전했던 강의 내용을 떠올리게 되면 스스로를 심하게
질책했다. 뿐만 아니라 청중 가운데 내 얘기에 귀를 기울이지 않았던 사
람들을 떠올리며 불쾌해 하기도 했다.

이를 해결하기 위해 나는 사람들 앞에서 얘기하는 것이 어렵고도 스트
레스를 많이 받는 일이라는 나의 생각을 뒷받침해 주는 책들을 읽거나,
그러한 나의 생각을 지지하는 친구나 동료, 그 외 다른 사람들의 말에 귀

를 기울이곤 했다. 물론 나의 결론은 늘 한결 같았다.

'내 생각이 옳았어. 사람들 앞에서 얘기하는 건 스트레스를 많이 받는 일이야.'

여기에 대해 생각하는 시간이 길어질수록 나는 점점 부담감을 갖게 되었고, 사람들 앞에서 강의하는 것을 스트레스의 주원인으로 여기기 시작했다.

그 당시만 해도, 나는 그런 나의 생각이 내게 스트레스를 주고 있다는 사실을 몰랐다. 나는 사람들 앞에서 얘기하는 행위 자체가 엄청난 스트레스이며, 방법은 거기에 적응하는 수밖에 없다고 믿었다. 하지만 어느 날, 원치 않은 늦잠을 자게 되었을 때 창을 통해 들어오는 아침 햇살이 내 이마를 간질이는 순간, 나는 그동안 나를 괴롭혀 오던 스트레스의 존재를 잊고 충만한 행복감에 빠져들 수 있었다. 그때 나는 깨달았다. 스트레스라는 것은 그것을 의식할 때 느끼게 되는 것임을. 스트레스는 환경에서 오는 것이 아니라 나의 생각과 믿음에서 온다는 것을.

그 후로 나는 훨씬 유능한 연사로 변모하기 시작했다. 강연하는 일이 스트레스라고 여겨지기는커녕 오히려 즐거운 일로 느껴졌다. 나의 생각에 커다란 변화가 일어난 것이다. 나는 그것을 더욱 즐기기 위해 내가 할 말들과 어떤 식으로 주제에 접근할 것인가에 대해 생각하기 시작했다. 그와 동시에 내 이야기에 귀를 기울이지 않는 사람들에게 초점을 맞추기보다는 내가 하는 이야기에 호기심을 갖는 사람들에게 나의 관심을 집중시켰다.

그런 식으로 생각을 정립해 나가자 점차 여유가 생기기 시작했다. 맥박의 흐름이 정상으로 돌아오면서 강연하는 데에 재미를 느끼게 되었고, 그 결과 이전에 비해 훨씬 유능한 연사로 인정받게 되었다. 스트레스는 우리의 환경과 상관없이 어떤 대상에 대해 너무 심각하게 생각할 때, 다시 말해 문제의 심각성을 부풀려 생각할 때 생기는 것이다.

예를 들어, 당신의 상사가 새 업무를 지시하면서 2주일 안에 끝내라고 말했다고 가정해 보자. 설상가상으로 당신에게는 이미 마치지 못한 일이 산더미처럼 쌓여 있다. 이런 경우 스트레스를 받지 않으려면, 당신은 이러한 골치 아픈 상태를 잠시 당신의 머릿속에서 지워 버려야 한다. 이를테면, 당신의 생각 속에 스트레스가 들어올 수 없도록 원천적으로 봉쇄해 버리는 것이다. 그렇게 한다면 당신은 잠시 후 적절한 행동을 취할 수 있는 방법을 손쉽게 찾아낼 수 있을 것이다.

04

사고 체계 안에 자기를 가두지 마라

자신을 다스릴 수 없는 자는
자유롭지 못한 사람이다.
– 에픽테토스 –

 사람들은 대부분 자신들의 생각과 삶에 대한 경험이 밀접하게 연관돼 있다는 사실을 알고 있다. 사람들은 생각함과 동시에 그 생각이 효력을 나타낸다는 것을 알고 있다. 그러한 생각은 대부분의 사람들이 인식하기도 전에, 그러니까 부지불식간에 일어난다. 생각하고 있다는 것을 의식하지 못하게 되는 이유는, 우리의 생각이 대개 자동적인 사고 체계를 통해 형성되어 있기 때문이다.

사고 체계란, 쉽게 말하면 우리의 지나간 생각들을 모두 더한 것, 즉 '생각의 집합체'를 일컫는다. 그러므로 사고 체계는 과거의 경험을 통해 우리가 이미 알고 있는 것과 앞으로 알게 될 새로운 사실을 비교할 수 있게 도와주기도 한다.

사고 체계 안에는 개개인이 평생에 걸쳐 수집한 모든 정보가 포함돼 있다. 따라서 사고 체계 안에는 삶을 바라보는 우리의 시각과 입장 또한 포함되어 있다. 사고 체계는 우리가 과연 옳고 정확한지, 혹은 정당한지를 확인시켜 주는 조율 기능을 한다. 그런 이유 때문에 사고 체계는 자기 자신을 정당화하려는 속성을 가지고 있다. 그러다 보니 사고 체계에 과도하게 의지할 경우, 우리는 습관적이고 만성적인 편견에 사로잡히게 된다.

가령, A라는 사람의 사고 체계 안에 학교라는 곳은 끔찍한 곳이며, 국가 차원에서 발생하는 문제 대부분이 잘못된 학교 교육 때문이라는 생각이 포함되어 있다고 가정해 보자.

석간신문을 읽던 A가 '21명의 학생이 관할 교육청에서 실시한 읽고 쓰기 시험에 떨어지다' 라는 기사를 우연히 보았다고 가정하자. 자신의 의견이 옳다는 것이 다시 한 번 입증됐다고 생각한 A는 살며시 미소를 짓는다. A는 그 기사를 아내에게 보여주면서 "여보, 이것 좀 봐. 학교가 무너지고 있어. 내가 뭐라 그랬어. 이렇게 될 거라고 그랬지?"라고 말한다.

그러나 A는 같은 면 바로 아래에 실린 '지난 5년 동안 학교 시험 성적이 전국적으로 17퍼센트 상승하다' 라는 제목의 기사에는 눈길 한 번 주지 않는다. 이것이 바로 사고 체계가 위험한 이유이다. 사고 체계가 우리 머릿속에 정보를 획일적으로 전송함으로써 우리가 진실이라고 생각하는 것들은 무조건 논리적인 근거가 있는 것처럼 보이는 것이다.

우리의 신념이나 의지는 사고 체계 안에서 놀랍게도 늘 완벽한 의미를 지닌다. 우리의 사고 체계는 우리 자신에게 '우리는 현실주의자이며 우리가 삶을 바라보는 방식이 진짜 삶의 방식이다' 라는 믿음을 갖게 한다.

이러한 사실을 깨닫지 못하고 사고 체계 안에 갇히고 만다면, 당신은 결국 진실을 알아보는 눈을 잃어버리고 말 것이다.

05

자신과 다른 의견을
존중하라

자기와 남의 인격을 수단으로 삼지 말고
항상 목적으로 대우해야 한다.
－칸트－

우리의 머릿속은 지나간 생각과 과거의 기억 등 오랜
세월에 걸쳐 축적한 정보들로 가득 차 있다. 바로 이러한
정보들이 우리의 사고 체계를 형성한다. 이러한 정보들
은 우리로 하여금 사물을 계속해서 같은 방식으로 바라보게 만든다.

우리는 우리의 현재 경험을 과거의 경험과 동일시하면서 똑같은 상황
이나 환경에 대해 계속해서 부정적으로 혹은 긍정적으로 반응한다.

인간의 속성을 비판적인 것이라고 믿는 사람은 누군가가 제안을 할 때
마다 비판할 마음이 있든 없든 방어적으로 대할 것이다. 그의 이러한 반
응은, 자신을 포함한 인간의 머릿속이 어떻게 구성되어 있는지를 제대로
이해하기 전까지는 그의 평생의 주체가 된다.

이러한 우리의 머릿속을 제대로 이해할 수 있게 된다면, 그 사람은 자

신이 지금 현실이나 진실을 보고 있는 것이 아니라, 그저 자신의 생각을 통해 현실을 해석하고 있을 뿐이라는 것을 알게 될 것이다.

사람들은 자신만의 사고방식에 너무 익숙해져 있기 때문에, 언뜻 생각하면 올바르고 정확한 정보를 제공하고 있는 것처럼 보인다. 스스로를 정당화하는 사고 체계의 속성 때문에 우리는 보통 익숙한 생각만 받아들이고 나머지는 버린다. 사람들이 정치적이거나 종교적인 관점을 여간해서 바꾸지 않는 이유는, 나아가 친구나 가족들과 그 문제를 놓고 토론을 벌이기조차 꺼려하는 이유는 그 때문이다.

우리는 우리의 사고 체계가 다른 사람의 사고 체계에 의해 지배당하면, 즉 자신과 다른 의견을 가진 사람의 생각에 따라 행동해야 할 경우 절망하게 된다는 사실을 잘 알고 있다. 사람들이 자신과 신념이 비슷한 사람들과는 잘 어울리지만, 그렇지 않은 사람들을 불편해 하는 이유는 바로 이 때문이다. 그러나 대다수의 사람들이 순진하게도 자신의 신념을 마치 현실인 것처럼 착각한다는 사실을 알면, 자신의 신념만이 옳다는 생각에서 자유로울 수 있다. 아울러 우리의 신념은 과거의 조건과 경험에 불과하다. 우리의 과거가 달랐다면 삶에 대한 우리의 시각도 달라졌을 것이다. 다른 사람들의 신념 역시 그 사람들의 과거 경험의 결과이다. 상황이 달랐다면, 완전히 다른 신념 체계가 등장했을 것이다.

"맞는 얘기일 수도 있다. 하지만 내 인생관은 훌륭하다. 난 여전히 그게 정확하다고 생각한다. 가능한 한 내 인생관을 바꾸고 싶지 않다."

어쩌면 당신은 이렇게 말할지도 모른다. 그러나 여기에서 요점은 당신의 사고 체계나 삶에 대한 관점을 바꾸라는 것이 아니다. 다만 그것들이 가지고 있는 임의적인 성격을 직시하라는 말이다.

06

긍정적인 생각이
행복의 첫걸음이다

우리는 사물을 있는 그대로 보지 않고
우리 방식대로 본다.
- 아나이스 닌-

사람들은 대부분 항상 행복하게 살아가기를 원한
다. 하지만, 살아가다보면 누구나 어렵고 힘든 일들을
여러 번 만나기 마련이다. 그러나 어려운 일을 만나게
됐다고 해서 무조건 불행하게 생각할 필요는 없다. 행복이라는 것은 어떻
게 생각하느냐에 달려 있기 때문이다.

남들이 겉으로 보기에 무척 행복해 보인다거나, 또는 몹시 불행해 보인
다고 말하는 것은 자신에게는 별로 대단한 의미가 있는 것은 아니다.

겉으로 보기에 불행해 보이더라도 사실은 행복한 사람일 수 있고, 행복
해 보이는 사람이더라도 사실은 남모르는 불행을 갖고 살아가는 경우가
있다.

그러므로 어떤 사람이라도 사는 동안 내내 행복하거나 불행할 수는 없

다. 위에서 언급한 두 가지 경우의 사람들 모두에게도 불행과 행복은 번 갈아가며 찾아왔으며, 앞으로도 그럴 것이기 때문이다.

그러나 때로는 -아주 가끔이긴 하지만- 항상 웃음과 여유를 잃지 않고 행복하게 사는 것처럼 보이는 사람들을 만날 때도 있다.

그렇다면, 그들에게는 항상 좋은 일들만 생기기 때문에 그럴 수 있는 것일까? 아니면 그들은 자신은 불행한데도 행복한 척을 하는 것일까?

사실은 둘 다 정답이 아니다. 그들이라고 항상 좋은 일만 겪으며 살 수 있겠는가? 그리고 그들은 행복한 척하는 것이 아니라 정말로 행복한 것이 다. 그들은 행복이라는 감정이 어떻게 나타나게 되었는지를 잘 이해하고 있는 사람들이다.

행복에 대해 제대로 이해한다면 당신도 분명히 행복한 삶을 살 수 있을 것이다. 생각하기에 따라 행복한 삶을 살 수도 불행한 삶에 빠질 수도 있 기 때문이다.

평소 자신의 뚱뚱한 몸매에 대해 불만이 많았던 한 여자의 예를 들어 보 기로 하자. 그녀는 자신의 몸매에 대한 열등감 때문에 욕실에서 거울을 들여다보는 일을 무엇보다도 싫어했다. 그러던 그녀가 하루는 직장에서 칭찬을 듣고 기분이 좋아져 집으로 돌아왔다.

그녀는 편안하게 쉬기 위해 따뜻한 물을 욕조에 가득 채우고 목욕 준비 를 했다. 그러면서 그녀는 자신의 기분을 망치고 싶지 않아 거울을 보지 않기로 마음먹었다. 그런데 깜박 잊고 무심코 거울을 본 그녀는 거울에 비친 자신의 몸매를 보고 깜짝 놀랐다. 거울 속의 그녀의 몸매는 너무나 완벽했던 것이다.

어떻게 이런 일이 일어날 수 있었을까? 사실 그녀의 몸매가 변한 것은 아니었다. 욕조의 거울은 김이 서려 그녀의 모습이 제대로 비춰지지도 않았다. 그녀가 거울을 통해 본 것은 그녀가 만들어낸 자신의 모습이었던 것이다. 그녀 또한 이러한 사실을 몰랐던 것은 아니었다.

그녀는 그 이후로 자신의 몸매에 대한 콤플렉스에서 벗어날 수 있었다. 자신의 행복은 자신이 생각하기에 달렸다는 사실을 그 일을 통해 깨달을 수 있었기 때문이다.

아무리 불행한 일들이 자신을 엄습해 오더라도 자신이 어떻게 생각하느냐에 따라 그 일에 대해 대처하는 자신의 모습이 달라진다는 것은 당연한 일일 것이다.

어렵고 힘든 문제가 당신 앞에 놓여 있다고 하더라도 항상 긍정적인 생각을 가지고 자신은 행복할 수 있다고 생각하라. 어차피 당신 앞의 문제는 당신이 어떻게 마음을 먹든 상관없이 그대로 놓여 있다.

당신이 그 문제를 어떠한 감정 상태로 처리하느냐에 따라 당신은 그 어려움을 빨리 극복하고 행복한 상태를 회복할 수 있기도 하고, 그 문제에 발목을 잡혀 불행 속에서 허우적거릴 수도 있다.

07

생각의 변화가 현실을
바꾼다

신으로 창조된 것은 물질보다 한결 생명적이다.
-보들레르-

인간은 생각하는 동물이다. 매 순간, 우리는 우리가
보고 경험하는 것을 해석하기 위해 생각을 한다. 인간
이 지닌 다른 기능들도 그렇지만, 생각은 우리가 원하
든 원하지 않든 계속된다. 생각은 하나의 능력, 다시 말해 인간의 의식이
지닌 기능이다. 생각이 어디서 나오는지 정확하게 알고 있는 사람은 아무
도 없다. 그러나 생각은 우리의 심장이 뛰는 곳에서 나온다고 나는 확신
한다. 우리가 살아 있기 때문에 비로소 생각할 수 있는 것이다.

사실, 우리들이 살아가면서 느끼는 모든 부정적인 혹은 긍정적인 감정
들은 생각을 하기 때문에 나타나는 직접적인 결과이다. 질투한다는 생각
이 없이는 질투의 감정을 느끼는 것이 불가능하다. 마찬가지로 슬픈 생각
을 하지 않고서는 슬픈 감정을 느낄 수 없으며, 화가 난다는 생각을 하지

않고서는 화를 낼 수가 없다.

이처럼 어떤 감정을 품기 위해서는 그 전에 먼저 생각을 해야 한다. 감정은 생각에 대해 일어나는 신체적 반응이다. 눈물이 나고, 심장 고동이 빨라지는 등 모든 감정에 앞서 존재하는 것이 바로 생각인 것이다. 이러한 사실을 잘 이해할 수 있다면, 우리 모두는 자신이 기대하는 것보다 훨씬 더 행복한 세상에서 유쾌하게 살 수 있을지도 모른다.

대부분의 사람들은 생각이라는 것을 수학 문제를 풀 듯 자리에 앉아 시간과 노력을 들여 숙고하는 것이라고 배워 왔을 것이다. 하지만 생각이라는 것을 며칠 동안 계속 진행될 수도, 단 1초 만에 이루어질 수도 있다. 그럼에도 불구하고 우리는 감정을 대수롭지 않게 여기는 경향이 있다. 그러나 감정이라는 것은 생각이 일어나는 데 얼마만큼의 시간이 소요되느냐에 상관없이 우리의 의식에 즉각 반응한다. 예를 들어, 당신이 아주 잠깐이라도 '내 동생은 나보다 관심을 많이 받고 자랐어. 난 한 번도 그 애를 좋아해 본적이 없어'라고 생각할 경우, 동생에 대해 적개심을 느끼는 것이 단순한 우연의 일치만은 아니다. 마찬가지로 '우리 사장은 내 진면목을 몰라. 난 지금껏 한 번도 인정받아 본 적이 없어'라고 생각할 경우, 그 생각이 마음속에 떠오를 순간 당신은 당신의 일에 대해 나쁜 감정을 느낄 것이다.

이처럼 어떤 생각을 하느냐에 따라 당신의 일상은 완전히 달라질 수 있다. 당신의 하루가 편안해지느냐 불쾌해지느냐는 바로 당신의 생각에 달려 있다는 사실을 명심하라. 똑같은 일이 벌어져도 이를 받아들이는 방법은 다양하다. 긍정과 부정, 과거와 미래, 희망과 절망 등은 바로 생각에서 우러나온다. 생각을 하는 주체가 바로 우리 자신이라는 사실을 이해한다면, 당신의 삶은 좀 더 윤택하게 바뀔 것이다.

08

생각은 우리 경험의
창시자다

당신이 성취하는 모든 것과 당신이 성취하지 못한
모든 것은 당신 생각의 직접적인 결과물이다.
- 제임스 앨런 -

우리의 목소리가 말을 할 줄 아는 인간 능력의 산물
이라는 사실은 누구나 이해한다. 예를 들어 우리는 자
신의 목소리를 이용해 자신을 놀라게 만들지는 못한
다. 우리는 비명을 내지를 수도, 고함을 칠 수도, 분노할 수도 있지만, 자
기 자신의 목소리에 겁을 집어먹지는 않는다. 문제의 소음을 만들어내고
있는 것이 바로 내 자신이라는 사실을 너무도 잘 알고 있기 때문이다.

음식물을 섭취하고 소화하는 우리의 능력도 마찬가지이다. 당신은 음
식을 먹을 때 입 속에서 특별한 맛이 느껴지는 것에 대해 전혀 이상하게
생각하지 않는다. 음식을 입 속에 집어넣은 사람이 바로 당신 자신이라는
사실을 잘 알고 있기 때문이다.

그러나 생각의 경우에는 다르다. 미국 심리학의 아버지 윌리엄 제임스

는 일찍이 "생각은 우리 경험의 창시자다."라는 말을 했다.

삶의 모든 경험과 인식은 생각에 근거하고 있다. 생각은 모든 인식 기능에 앞설 뿐만 아니라 자동적으로 지속되기 때문에 우리가 가지고 있는 다른 어떤 기능보다도 근본적이고 자연스럽다. 따라서 대부분의 사람들은 생각이 자신이 주체적으로 만들어낸 것이라는 사실을 인식하지 못한다.

그러나 생각이라는 것은 분명 우리가 주체로서 능동적으로 하는 행위이다. 생각은 우리의 외부가 아니라 내부에서 나온다. 물론 반대로 보일 때가 많지만, 실은 우리가 생각하는 것이 우리가 보는 것을 결정한다.

생각이 주체적 행위라는 사실을 인식하지 못할 경우, 이른바 '생각의 부작용'이 생긴다. 은퇴를 앞둔 마지막 경기에서 중요한 실수를 해서 팀 승리의 기회를 날려버린 어느 작업 운동선수의 경우를 생각해 보자.

은퇴한 후에도 몇 년 동안 이 사람은 자신의 실수를 되씹고 또 되씹는다. 사람들이 "왜 이렇게 늘 우울해 보이십니까?"라고 물으면, 이 사람은 "그런 어처구니없는 실수를 하다니 전 정말 바보였어요. 그런 내가 달리 어떤 기분을 느끼겠습니까?"라고 대답한다.

이런 경우에 이 사람은 불행하게도 다름 아닌 자기가 생각의 주체라는 사실을 모르고 있다. 나아가 자신의 생각이 고통의 원인이라는 사실도 알지 못한다.

만약 당신이 이 사람에게 "당신을 괴롭히는 것은 바로 당신의 생각이오."라고 말한다면, 아마도 그 사람은 정색을 하고 "절대 그렇지 않소. 내가 우울한 이유는 내가 실수를 했기 때문이오. 그러니까 내 말은 그 일에 대해 생각하고 있어서 그런 게 아니란 말이오. 사실 난 더 이상은 그 일에 대해 생각하지 않고 있소. 난 단지 객관적인 사실들 때문에 자책할 뿐이오."라고 대답할 것이다.

이런 예는 얼마든지 더 있다. 가령 "왜 불쾌한가?"라고 누가 물었을 때 "애인 때문에 기분이 상했어." "오늘따라 하는 일마다 다 꼬이는 군." "사업이 잘 되질 않아." 등의 대답을 했다면 이 사람은 '외부'에서 그 원인을 찾고 있는 것이다. 즉, 자신의 감정을 자신 이외의 사람이나 환경 탓으로 돌리고 있다.

이처럼 우리는 순간순간 생각의 주체가 바로 우리라는 사실을 잊어버린다. 우리의 감정과 삶의 경험을 지배하는 것이 우리의 외부 환경인 것처럼 느껴지는 것은 그 때문이다.

어떻게 보면, 불행의 원인을 환경 탓으로 돌리는 것이 조금도 이상하지 않을 수 있다. 하지만 그렇게 하는 순간 우리는 삶에 대해 무력감 외에는 아무것도 느낄 수 없는 자신을 발견할 것이다.

우리가 어떻게 느끼는지를 결정하는 것은 우리의 환경이 아니라 우리의 생각이라는 사실을 다시 한 번 명심하자. 이렇게 하지 않는다면, 시시각각 당신을 공격하는 자신의 생각에 의해 인생의 항로에서 결국 침몰하게 될지도 모른다.

09

생각과 현실을 혼동하지 마라

고난의 시기에 동요하지 않는 것,
이것은 진정 칭찬받을 만큼 뛰어난 인물이라는 증거다.
— 베토벤 —

 생각이란 '현실'이 아니라 주어진 상황을 해석하는 시도이다. 우리가 느끼는 감정은 우리가 보는 것을 해석한 결과이다.

대다수 사람들은 자신의 생각을 현실로 여기지만, 생각은 우리가 가지고 있는 하나의 능력일 뿐이다. 생각을 하는 것은 바로 우리 자신이다. 우리가 어떤 생각에 대해 생각을 하기 때문에, 다시 말해 생각의 대상 -내용-이 현실을 반영하기 때문에 마치 현실인 것처럼 착각하기가 쉬운 것이다.

우리 모두는 하루 24시간 동안 일관되게 생각의 흐름을 만들어 낸다. 어떤 생각을 하다가도 한순간 잊게 되면, 그 생각은 안개처럼 사라진다. 그러나 그것은 사라지는 것이 아니다. 잊혀졌던 생각은 우리의 마음 속 어딘가에 잠재되어 있다가 수시로 다시 떠오른다.

고속도로를 주행하다 낭패를 본 어느 운전자의 경우를 살펴보자. 한쪽 차선으로 주행하던 차가 갑자기 끼어들어 하마터면 사고가 날 뻔했다. 하나의 생각이 그 운전자의 머릿속을 스쳐 지나간다.

'총만 있나면, 저 자식을 확 쏘아 버리는 건네…'

우리는 대부분 이를 어리석은 생각으로 치부하면서 대수롭지 않게 여긴다. 우리 모두는 이와 비슷한 경우 잠시 스쳤던 우리 자신의 생각이 폭력적이었다는 것에 대해서는 그다지 심각하게 받아들이지 않는다.

그러나 정신병 환자의 경우에는 그런 생각을 쉽게 떨쳐버리지 못한다. 정신병 환자들은 마음속에 떠오른 생각이 곧 현실이며, 따라서 어떤 생각이든 심각하게 고려해야 한다고 굳게 믿기 때문이다.

우리는 생각을 너무 심각하게 받아들이는 사람을 동정하지만 사실, 우리도 그들과 크게 다르지는 않다. 다만 형식과 정도가 다를 뿐이다.

우리 모두는 하루에도 수백 번씩 생각과 현실을 혼동한다. 앞에서 언급한 운전자의 경우처럼 자기에게 일어난 일이 아니고 다른 사람에게서 들은 이야기라면, 그런 생각은 단지 홧김에 잠깐 든 생각일 뿐이라고 치부하고 말 것이다.

하지만, 그 대상이 자기 자신의 생각일 경우에는 문제가 달라진다. 어째서 자기 자신의 생각만은 무조건 현실처럼 보이는 것일까? 그 이유는 생각을 하는 사람이 바로 자기 자신이고, 자신에서 비롯되기 때문이다.

생각은 우리 자신이 해결해야만 한다. 자신의 생각이 항상 현실을 그대로 반영하는 것은 아니라는 사실을 명심하자. 그래야만 생각과 현실의 경계에서 방황하는 일이 없을 것이다.

10

부정적인 생각이
행복을 가로막는다

행복은 마음먹기에 달려 있다.
– 에이브러햄 링컨 –

 어떤 마을에 서커스단이 공연을 하려고 들어왔다고
가정해보자. 서커스를 좋아하는 사람들에게는 이는
굉장히 기뻐할 만한 일이다. 반면, 서커스를 좋아하지
않는 사람들은 늘어난 교통량과 번잡함 때문에 짜증스러울 뿐이다. 하지
만 서커스단은 서커스단일 뿐이다. 다시 말해, 서커스단 자체는 긍정적이
거나 부정적인 성격을 갖고 있지 않다는 말이다.

이처럼 생각하는 대상에 대해 자신의 입장이나 관심을 거두어 들일 때,
우리는 여유 있고 편안한 감정 상태로 그 대상에 대해 생각할 수 있다. 대
상에 대한 생각이 부정적일 경우에는 더욱 그렇다.

물론 그렇다고 해서 아예 생각을 하지 말라는 것을 결코 아니다. 우리
인간은 생각할 수밖에 없는 존재이다. 다만 부정적인 생각, 다시 말해 고

통과 불행을 야기하는 생각은 곱씹을 가치가 없다는 말을 하고 싶은 것이다. 왜냐하면 부정적인 생각은 부정적인 감정을 낳고 결국에는 이것이 쌓여 우리의 행복을 가로막기 때문이다.

식당에 갈 때마다 서비스가 엉망이라며 짜증을 내는 사람이 있다. 하지만 잘 생각해 보자. 상대방이 자기가 원하는 방식대로 해주지 않는다고 해서 꼭 화를 내는 것은 왜일까? 다른 사람 때문에, 더군다나 자신의 인생에 전혀 중요하지 않은 사람 때문에 부정적인 생각을 갖는다는 것은 스스로 행복을 가로막는 짓이다. 정 불쾌하면 그 상황을 변화시키든가 그곳에서 나오면 그만이다. 단지 짜증만 내고 있어 봐야 아무런 소용이 없다.

이에 비해 만족은 어린이의 시각, 즉 삶에 대한 경이와 모험심을 찾음으로써 우리 마음속에 새롭고 창의적인 생각이 들어갈 수 있는 공간을 만들어 준다. 이러한 시각은 다른 사람들의 얘기를 좀 더 느긋하게 들을 수 있게 해준다. 나아가 남들의 비판에도 초연해질 수가 있다. 왜냐하면 하나하나 분석하는 것이 아니라, 그저 정보로 받아들이기 때문이다.

당신은 자신의 생각이 심각하게 받아 들여져야 한다고 믿는가? 아니면 생각이란 것은 인간이기 때문에 하게 되는 것일 뿐이며, 생각과 현실을 혼동할 필요가 없다고 여기는가? 당신은 생각을 하면서도 곧 흘려보내는 편인가, 아니면 곱씹으며 분석하는 편인가? 생각은 현실이 아니라 인간이 가진 하나의 능력일 뿐이라는 사실을 깨닫는 순간, 우리는 모든 부정적인 생각을 버릴 수 있다. 그래야만 행복이라는 긍정적인 감정이 부정적인 감정을 밀어내고 당신의 마음속에 자리 잡기 시작할 것이다.

성공할 수 있다는 마음과 말은 성공을 부르지만, 실패하지 않을까 하는 두려움은 항상 실패를 부른다.

11

우리의 신념은 생각으로부터
나온다

당신의 문제를 빨리 해결하라. 그렇지 않으면
그 문제에 당신이 얽매이게 될 것이다.
- 슬러 -

 어떤 남자가 '그녀가 나를 좋아할까, 아마 분명히 싫어할 거야' 라는 생각을 한다고 가정해 보자. 이런 경우 그녀에 대한 여러 가지 생각들은 그에게 많은 고민과 고통을 안겨줄 것이다. 그러나 이런 고민을 하는 그가 앞서 말한 고속도로 운전자 얘기를 듣는다면, 그것은 그저 운전자의 생각일 뿐이라며 대수롭지 않게 넘겨버릴 수도 있다.

앞서 말했듯이 대부분의 사람들은 이처럼 자신의 생각에 대해서는 관심과 주의를 기울일 만한 가치가 있다고 믿지만, 다른 사람의 생각에 대해서는 관심을 기울일 가치가 없는, 그저 그런 것일 뿐이라고 보는 경우가 많다.

왜 그럴까? 거듭 말하지만, 생각이 우리의 삶을 지배하기 때문이다. 우리 곁에 너무 가까이 있기 때문에 생각을 하는 사람이 바로 자기 자신이라는 사실을 잊어버리기가 쉬운 것이다.

생각은 우리가 경험하는 모든 것을 해석한다. 세상에서 살아남기 위해, 삶에 의미를 부여하기 위해 우리는 생각이라는 것을 필요로 한다. 그러나 우리가 생각의 진정한 본질과 목적을 이해한다면, 우연히 떠오르는 부정적인 생각 때문에 고민하거나 너무 심각하게 받아들일 필요가 없다. 다시 말해, 훨씬 가벼운 마음으로 살 수 있다는 것이다.

그렇다고 억지로 항상 긍정적인 생각만 하라는 말은 결코 아니다. 긍정적인 생각을 옹호하는 사람들은 가능한 한 생각을 긍정적으로 하다 보면 부정적인 생각을 피할 수 있다고 주장한다. 부정적인 생각에 비하면 긍정적인 생각이 우리의 기분을 훨씬 좋게 해준다는 것은 사실이다.

그러나 이는, 생각이 우리가 관심을 기울여야 하는 현실을 포함하고 있다는 가정에 근거한 잘못된 개념이다. 긍정적이든 부정적이든 생각은 인간이 지닌 하나의 기능일 뿐이다. 우리가 생각을 있는 그대로 이해할 때, 긍정적이거나 부정적인 생각을 떠나서 사물을 있는 그대로 볼 수 있다.

긍정적인 생각을 하는 사람은 계속해서 긍정적인 생각만 해야 한다는 압박을 받는다. 여기에는 엄청난 노력과 집중력이 소요되기 때문에 새롭고 창의적인 생각에 힘쓸 겨를이 없다. 부정적인 생각이 머릿속에 들어오면, 긍정적인 생각의 소유자는 그런 생각의 존재를 부정하면서 긍정적인 생각으로 그것을 짓눌러야 직성이 풀린다.

생각의 본질을 제대로 이해하는 사람들은 자신들의 생각에 특정한 내용을 부여할 필요성을 느끼지 못한다. 이런 사람들은 생각을 있는 그대로, 즉 의식의 한 기능, 나아가 우리의 삶의 경험을 형성하는 자발적인 능력으로 본다.

그렇다면 생각을 하나의 기능으로 보는 사람들은 의도적으로 부정적인 생각을 할까? 물론 그렇지는 않다. 그렇다면 이들은 부정적인 생각을 전혀 하지 않을까? 물론 그것도 아니다.

이들은 단지 부정적인 생각 자체에는 자신들을 다치게 할 힘이 없다는 것을 이해하고 있을 뿐이다. 이들에게 생각은 그것이 긍정적이건 부정적이건, 그저 생각일 뿐이다.

생각은 우리가 내용을 부과하기 전까지는 그 안에 아무 것도 담고 있지 않다. 우리의 신념, 삶에 대한 견해, 가치관 등이 생각의 내용을 결정한다. 그러나 생각 자체는 무해하며, 우리가 의미를 부여하기 전까지는 완전히 비어 있는 상태인 것이다.

12

행복한 생각이 행복한
말을 만든다

긍정의 힘으로 자기암시를 하다보면 믿음이 생기고,
믿음은 곧 행동으로 바뀌며, 행동은 습관을 만들고,
자신의 운명도 바뀌게 한다.
−프랭클린 루즈벨트−

 인간은 누구나 자신의 말과 행동을 지나치게 믿기
때문에, 자신의 생각을 그대로 말과 행동으로 옮긴다.
그리고는 그러한 일들이 정상이라고 생각한다.

그러나 실제로 말과 행동은 훨씬 미묘하고 변하기 쉬운 것이다. 인간은
말과 행동으로 어렵지 않게 자신이 원하는 상태에 스스로를 놓아둘 수가
있다.

사랑이라는 감정도 따지고 보면 말이나 행동에 의해 생겨난다.

예를 들어 어떤 사람에게 일종의 주문 같은 의식을 행하는 습관이 있다
고 하자. 그는 아침을 맛있게 먹어 본 기억이 별로 없다. 그가 만일 언제나
처럼 아침상을 앞에 두고 '오늘도 역시 아침식사가 형편없겠지' 라고 생
각한다면, 밥상에 어떤 음식이 올라오든지 그는 맛있는 아침식사를 할 수

없다.

예컨대 귀한 재료로 정성껏 준비한 진수성찬이 앞에 놓여 있어도, 그가 '아침은 별로 맛이 없어'라고 생각하는 순간, 그것들은 정말 맛없는 것이 되어 버리고 마는 것이다. 이는 스스로 자신의 감각을 규정해버렸기 때문에 일어난 결과이다.

알다시피 음식이란 아주 사소한 계기로 맛있어지기도, 맛없어지기도 한다. 아침을 먹을 때 '오늘은 왠지 맛이 없어' 하고 생각했더라도 그것은 음식이 정말 맛이 없어서가 아니라 마음속으로 오늘은 맛이 없다고 미리 결정을 내렸기 때문이다.

인간이란 누구나 자기가 한 말의 암시에 걸리게 되는 법이다. 누구든지 자신의 암시를 어떠한 과학적 사실보다도 더 명백한 것으로 믿는다.

보통 사람이 사물을 바라보는 시각에는 긍정과 부정, 두 가지 영역이 있다. 맛있다는 생각은 긍정의 영역이다.

어떤 상황에서든 모든 것을 긍정적으로 바라보는 습관만큼 인간을 행복하게 만드는 것은 없다.

"당신은 참 다정한 사람이에요."

"당신은 얼굴 표정이 참 아름답군요."

"당신의 목소리가 참 좋아요."

이런 말들은 요술지팡이와 같다.

다정다감하다는 말을 들은 남성은 실제로 다정다감한 성격의 소유자가 아니라 하더라도, 왠지 '다정다감하게 행동해야지' 하고 무의식적으로라도 생각하지 않을 수 없을 것이다. 마찬가지로 아름답지 않은 여성이 아름답다는 말을 들으면 정말로 아름다운 표정을 짓기 위해 노력을 하게 될 것이다.

한 사람의 상황을 행복하게도, 불행하게도 만드는 말의 마력은 정말 헤아릴 수도 없는 강한 힘을 지니고 있다. 중요한 것은 이런 말을 만들어내는 것이 그리 어렵지 않다는 것이다.

말은 생각의 발현이다. 긍정적이고 행복한 말은 긍정적이고 행복한 생각에서 나온다.

놀랍게도 생각을 바꾸면 말이 바뀌고, 나아가 당신과 관계되는 모든 것들이 긍정적으로 바뀐다는 사실을 명심하라.

13

행복해지려거든 건망증
환자가 되어라

약간의 근심, 고통, 고난은 항시 누구에게나 필요한 것이다.
바닥짐을 싣지 않은 배는 안전하지 못하여 곧장 갈 수 없으리라.
−쇼펜하우어−

내가 아는 사람 중에 정말 특별한 사람이 한 명 있다. 그는 어떠한 치명적인 타격이나 상처에 대해서는 언제나 깨끗이 잊어버리는 능력을 가지고 있는 사람이다. 물론 처음부터 그가 이런 놀라운 재주를 가지고 태어난 것은 아니다. 오래도록 참담했던 과거의 기억으로부터 자기 자신을 구하려는 일종의 정신적 치료법이라고 할 수 있다.

어떻게 하면 그렇게 빨리 상처를 잊을 수 있느냐고 물었을 때 그는 간단하게 이렇게 대답했다.

"괴로운 일은 괴로우니깐 잊어버리는 거야."

이러한 삶의 방법은 괴로운 것을 되씹으며 결코 잊지 않으려 노력하는 사람과는 전혀 다른 삶의 방법이다. 나는 그에게서 삶의 희망을 발견할 수 있었다.

그도 젊었을 때 다른 사람들처럼 사랑했던 사람으로부터 실연을 당한 적이 있었다고 한다. 하지만 그는 '그녀가 떠났구나'라고 생각한 그 순간 절망하지 않고 그 사실을 즉시 잊어 버렸다고 했다. 그리고 가장 멋진 옷을 입고 밖으로 나가 보니 세상이 확 달라져 보였다고 한다. 그는 물론 그 후에 좋은 사람을 다시 만났다.

내가 만나는 사람 중에는 그와 같은 사람이 아주 드물다. 그와는 정반대로 과거가 무슨 보물이라도 되는 양 절대로 잊지 않으려는 사람들이 많다. 그들 중에는 심지어 슬펐던 일, 애석했던 일들을 특별히 더 잘 기억하는 사람들도 있다.

가령, "나는 그 남자에게 억울한 일을 당했어. 평생 동안 잊지 못할 거야."라고 말하는 사람이 있다면, 이는 결국 그 남자에게 두 번 상처를 입는 셈이다.

위에서 예로 들었던 사람은 괴롭고 슬픈 일을 몇 번이나 경험했지만, 그 순간에 곧 그 사실을 잊으려 노력했다. 누군가와 헤어져도 결코 그 사람을 원망하거나 미워하지 않았으므로, 시간이 흐르고 난 뒤 다시 그 사람과 친해질 수 있었다. 그는 이렇게 말했다.

"세상에는 미운 사람도, 괴로운 일도 그다지 많지 않다."

그의 말은 분명히 옳다. 세상에는 미운 사람과 괴로운 일이 그다지 많지 않다. 미운 사람과 괴로운 일은 당신이 그것을 의식적으로 떠올리려고 할 때 나타나는 것이다. 마음을 편하게 하고, 건망증 환자가 되어 보라. 그래서 당신을 괴롭히는 좋지 않은 모든 기억들을 잊어 보라. 그 순간부터 세상이, 당신 눈앞의 풍경이 확 달라 보일 것이다.

14

자기의 능력을
의심하지 마라

그대가 자신에 대해서 생각하는 것이 다른 사람이
그대에 대해서 생각하는 것보다 훨씬 중요하다.
– 세네카 –

자신의 생각이 곧 '현실' 이라고 병적으로 믿는 사람들이 있다. 이런 사람들은 생각이라는 개념을 아예 모르는 정신병 환자로 보아도 무방하다. 실제로 어떤 정신병 환자는 모든 생각을 현실로 받아들인다. 그에게는 생각과 현실 사이에 아무런 차이가 없다.

가령 창문 밖으로 뛰어내려야 한다고 말하는 생각의 목소리가 들리면, 그 환자는 정말 그렇게 하려고 한다. 괴물을 보고 있다고 생각하면 실제로 도망치는 행동을 보인다. 내용에 상관없이 그 사람은 자기가 생각하는 것이 모두 현실이라고 믿는다.

이와는 반대로, 정신적인 건강과 행복을 즐기며 살아가는 사람, 자신이나 다른 사람의 생각을 너무 심각하게 받아들이지 않는 사람, 자기 생각에 빠져 기분을 잡치거나 하루를 망치는 일이 좀처럼 드문 사람들은 머릿속으로 무슨 생각을 하든 '이건 그저 생각일 뿐이야'라고 치부해 버린다.

대부분의 사람들은 생각의 주인이 자신이라는 사실을 이해하지 못한다. 가끔은 그러한 사실이 이해가 되기도 하겠지만, 제한적으로만 그럴 뿐이다. 우리의 마음은 이 원칙에 대해 무수한 예외를 만들어냄으로써 우리의 삶에서 자신의 생각을 충분히 이해할 수 있는 기회를 봉쇄해 버린다.

예를 들어, 당신은 어느 날 기분이 좋지 않은 상태에서 '난 이 프로젝트를 절대 끝내지 못할 거야'라고 생각할지도 모른다. 그렇게 되면 당신은 "시작할 때 이미 알고 있었어. 이 프로젝트는 애초에 진행하지 말았어야 해. 난 이런 일에는 도무지 소질이 없어. 그건 앞으로도 그럴 거야."라고 말할 것이다. 그 이후로도 며칠 동안 자신을 향해 '이런, 또 같은 생각을 하고 있잖아'라는 생각을 하면서, 부정적인 생각을 떨쳐버리지 못하고 계속해서 똑같은 고민을 반복할 수도 있다.

이러한 생각의 유형을 텔레비전 수상기에서 발생하는 정전기, 혹은 방해 전파라고 가정해 보자. 텔레비전 화면의 정전기를 연구하고 분석하는 것이 아무 의미가 없듯이, 우리의 생각 안에서 발생하는 정전기를 연구하는 것 역시 아무 의미가 없다. 하지만 생각의 본질을 올바로 이해하지 못할 경우, 우리 마음속에서 발생하는 극소량의 정전기는 점점 강해져서 하루 전체를, 나아가서는 인생 전체를 망칠 수 있다.

반면에 일단 우리의 부정적인 생각을 정전기나 방해 전파로 여기면 이를 제거할 수 있다. 앞의 예에서 살펴보았듯이, 당신의 능력에 대한 부정적인 생각은 당신이 프로젝트를 끝내는 데 전혀 도움이 되지 않는다는 점을 명심하자.

15

심각하게 생각에
몰두하지 마라

우리는 모든 일을 다 잘할 수는 없다.
배워가며 사는 것이다.
−베르질리우스−

로라는 애인 스티브를 만나러 가기 위해 운전을 하고 있다. 운전 중에 그녀는 라디오를 통해 이혼한 부부들의 통계에 대해 듣고는 그때부터 생각에 빠지기 시작한다. '스티브와 내가 결혼을 하게 될까? 그럴 만한 가치가 있을까? 우리의 결혼생활은 어떨까? 스티브는 이혼한 자기 아버지의 성격을 닮아서인지, 일을 지나치게 열심히 하는 경향이 있어서 약속시간도 자주 잊어버리는데, 과연 그에게 난 어떤 존재일까? 그가 나를 자기 일만큼 소중하게 여기고 있을까? 나중에 아이들이 태어나면 자기 일만큼 아이들을 소중하게 여길까?' 그녀는 이와 비슷한 생각을 자기도 모르게 계속한다. 이런 생각들은 그야말로 순식간에 꼬리를 물고 떠오른다.

우선 로라가 다른 사람들처럼 평소 마음속에 떠오르는 생각들을 심각하게 곱씹을 가치가 있다고 믿는 편이라고 가정해 보자.

그녀는 자기 스스로 생각을 만들어내고 있다는 사실을 전혀 알지 못하고, 자신이 현재 생각하고 있는 내용이 타당하다고 믿는다. 그녀는 스티브와의 관세를 걱정하는 자신을 당연하다고 여기고, 스티브와 그 문제를 의논해야겠다고 결심하다. 결국 그녀는 운전하는 동안 내내 불안해한다.

이제 그 반대의 경우를 살펴보자. 로라는 자신의 생각은 자신이 만들어내는 것에 불과하다는 사실을 잘 알고 있다. 똑같은 생각이 로라의 머릿속을 스쳐 지나가면서, 잠시 동안 그녀는 스티브와의 관계에 대해 불안해한다. 그렇지만 곧이어 그녀는 그것은 자기만의 생각이었을 뿐, 둘의 관계에 대해 불안해하는 사람은 스티브가 아니라 자신이며, 그때까지 둘의 관계는 나무랄 데 없이 좋았다는 사실을 떠올린다. 그리고 문제의 뉴스를 듣기 몇 초 전까지만 해도 자신이 매우 기분 좋은 상태였다는 사실을 상기한다. 그녀는 빙그레 웃으면서 이제 더 이상은 자기 생각의 피해자가 되지 않아도 된다는 사실에 대해 감사한다. 그녀는 여유를 회복하면서 자신의 생각을 완전히 떨쳐 버린다. 이제 그녀는 자기가 제일 좋아하는 음악과 함께 행복감을 즐기면서 스티브의 집을 향해 운전을 한다.

이처럼 하루를 지내다 보면 수천 가지의 생각이 우리의 머릿속을 스쳐 지나간다. 먼저 떠오른 생각보다 나중에 떠오르는 생각이 더 중요하기는 하지만, 어쨌든 모두 그저 생각일 뿐이다.

물론 그렇다고 해서 우리의 머릿속에 떠오른 생각을 신중하게 고려하거나, 그것을 행동에 반영해서는 안 된다는 뜻은 아니다. 다만 우리는 '선택'을 할 수 있다는 말을 하고 싶을 뿐이다. 이 원칙을 이해해야 우리는 좀 더 여유 있는 생각에서 오는 즐거움을 누릴 수 있다.

16

한 걸음 물러서서
세상을 보라

지혜로운 사람의 눈은 머릿속에 있고,
어리석은 자는 어둠 속을 거닌다.
−솔로몬 왕−

 아인슈타인은 이렇게 말했다. "문제에 대한 해결책은 그 문제가 발생했을 때와 동일한 이해력 수준에서는 절대 나오지 않는다."

나는 그의 말을, 해결책을 얻기 위해선 문제에서 한 걸음 물러서야 한다는 의미로 해석하고 싶다. 한 걸음 뒤로 물러서라는 것은 관심을 거두어들이라는 말의 또 다른 표현이다. 아마도 당신은 어떤 문제에 대한 답을 찾으려고 그 문제에 대해 심각하게 고민했던 경험이 있을 것이다. 당신은 그것에 대해 생각하고 또 생각하지만, 결국은 포기하고 창밖을 내다보면서 아름다운 풍경에 취하거나 욕조에 들어가 긴장을 푼다. 바로 그 순간 답이 떠오른다. 당신은 뛸 듯이 기뻐하며 이렇게 말할 것이다.

"바로 이거야! 이게 바로 내가 찾던 답이야."

어쩌면 당신은 답을 찾게 된 것이 자신이 심각하게 고민한 결과라는 판단을 내릴 수도 있다. 하지만 사실은 그렇지 않다. 답은 당신의 생각 뒤편에 있는 지혜에서 나왔다. 지혜는 만족과 여유에서 비롯된다. 당신은 당신이 필요로 하는 해결의 실마리를 이미 가지고 있었다. 결국 당신이 한 일은 대답이 표면으로 떠오르도록 길을 치운 것뿐이다. 즉, 당신은 그 동안 갇혀 있던 당신만의 길에서 밖으로 나온 것이다.

문제에 대해 너무 깊이 빠져들지 않는 이 과정은 결혼 생활이나 다른 사람들과의 관계에도 멋지게 적용할 수 있다. 직업이 직업인지라 나는 같은 문제로 수년 동안 싸우고 있는 부부들을 많이 만났다. 대개의 경우 부부가 따로따로 와서 자신의 불행한 결혼 생활을 떠올리고는, 결혼 후 삶의 대부분을 허비했다고 고백하곤 한다. 그러나 이러한 자신들의 문제에 대한 심각한 고민들이 원만한 결혼 생활을 불가능하게 만들고 있다는 것을 아는 사람은 거의 없었다. 다시 말해, 이들의 주된 문제는 자신들의 결혼 생활이 무척 불행하다고 생각하는 데 있었다.

이런 부부들은 결혼 생활을 불행하게 만드는 기술을 완벽하게 갈고 닦는 데 시간을 허비하고 있는 셈이다. 즉, 상대방의 버릇을 고치겠다는 생각으로 불필요한 일들을 자꾸만 되풀이하는 것이다. 그러나 생각의 본질을 이해하는 사람들은 이러한 역학 관계를 제대로 파악할 수 있을 뿐만 아니라, 동시에 다른 사람들과의 관계를 보다 원만하게 발전시킬 것이다.

그렇게 하기 위해서는, 주변에 영향을 받지 않으려 하는 태도보다는 오히려 고통을 느끼는 이유를 이해하려고 노력해야 한다. 이러한 시각을 갖게 되면 일상에서 부딪히는 문제들을 어렵지 않게 해결할 수 있을 것이다.

17

골치 아픈 문제는 일단
잊어버려라

언제나 두 번째 생각이 더 현명하다.
- 에우리피데스 -

골치 아픈 일에 대화의 초점을 맞추는 것은 매우 나쁜 습관이다. 사람들이 대화를 나누는 주된 이유는 그들에게 닥친 이러저러한 골치 아픈 문제들 때문이다. 그것은 사람들이 좋지 않은 일에 대해 생각하는 데 익숙해져 있기 때문이다. 그러나 그것이 어떤 문제이든 우리를 괴롭히는 것에 초점을 맞추면 기분이 좋아질 수 없다.

가령 누군가가 평소 자신에게 심하게 대한다고 느낄 때, 다른 사람들에게 그 일에 대해 이야기해도 아무런 도움이 되지 않을 것이다. 또 직장이나 집에서 기분 좋지 않을 일이 생겼을 경우, 그 일에 대해 심각하게 고민하는 경우도 마찬가지로 도움이 되지 않는다.

심각한 문제에 몰두하지 않음으로써 우리 내부에 있는 긍정적인 감정을 부풀려야 한다. 이는 문제를 회피하기 위해서가 아니라 해결책이 자라날 공간을 마련하기 위해서이다.

문제를 해결하는 것을 우리의 마음에 질문을 던진다는 뜻으로 해석할 때가 가끔 있다. 살다보면 우리는 일생을 좌우하는 중요한 결정을 해야 하거나, 겉보기에는 똑같이 중요한 두 가지 중에서 하나를 골라야 하는 일이 생길 경우가 있다.

그럴 때는 생각의 방해를 받지 않고 답과 해결책을 찾을 수 있는 마음 뒤편의 숨겨진 공간을 활용하라. 그 공간을 활용하는 법은 아주 간단하다. 그 장소로 들어가서 주어진 시간 안에 어떤 질문에 대한 답이 필요하다고 자신을 향해 말하기만 하면 된다.

그런 후에는 답을 찾기 위해 당신의 뇌를 괴롭히지 말고, 그 일에 대해 완전히 잊어버려라. 그리고 나서 얼마 안 있으면 마치 마술처럼 자기도 모르는 사이에 답이 떠오를 것이다. 당신은 아마 이런 방법으로 얻은 답이 그 질문과 씨름하면서 얻은 답보다 훨씬 훌륭한 것이 한편으로는 놀랍기도 하고 한편으로는 기쁘기도 할 것이다. 한번 시도해 보라. 분명히 커다란 만족을 얻을 것이다.

휴가를 어디로 가야 할지 결정할 때 이 기술을 사용해 보라. 비용을 비롯해 제반사항을 검토한 다음, 자신에게 하루 안에 결정을 내려야 한다고 말해 두어라. 그와 동시에 휴가 및 그와 관련된 정보는 모두 잊어버려라. 그 사이 당신의 마음 뒤편의 공간에서는 자신도 모르게 자료가 잘 처리되어 갈 것이고, 곧 이어 당신 앞에 명쾌한 답이 나타날 것이다.

18

사소한 습관을
과대 포장하지 마라

습관은 당신이 진리라고 인정한 생각이다.
– 리처드 칼슨 –

**습관의** 원인을 따지다 보면 당신이 맨 처음에 한 생각으로 거슬러 올라갈 수 있다. 예를 들어 음식에 대한 생각을 하고 있다고 가정해 보자. 이 경우 당신의 생각은 먹고 싶은 충동으로 대체된다. 그리고 적당한 음식을 먹어서 그러한 충동을 만족시키고 해소한다. 이 과정에서 바로 습관이 생겨난다.

어떤 대상에 대한 생각을 하면 할수록, 그에 대한 생각이 당신 마음속에서 점점 자라나 현실이 된다. 습관은 그 과정의 부산물이다.

이러한 상식에도 불구하고, 중독 회복 센터와 중독 치료 전문가들은 중독 환자들에게 자신의 중독에 초점을 맞추도록 요구한다. 그리하여 중독 환자들은 하루에도 수십 번씩 자신의 문제를 상기시킨다. 다시 말해, 중독자가 된다는 것이 어떤 것을 의미하는지를 생각하게 하고 환자가 스

생각의 원리 57

스로 그 해결책을 찾도록 유도한다. 중독 치료 전문가들이 중독자들에게 자신의 문제-습관-에 초점을 맞추도록 하는 이유는, 중독자들이 정말 문제를 가지고 있다는 사실을 부정하지 못하게 하려는 데 있다.

이러한 방법이 성공을 거두는 경우도 많기는 하지만, 문제나 습관에 초점을 맞추다 보면 그 문제가 갈수록 엄청나 보이기 때문에 해결하기가 그만큼 어려워지는 맹점도 있다. 가령 체중 문제는 거의 모든 사람들이 공통적으로 안고 있는 고민이다. 사람들은 체중을 줄이고 싶다는 생각과 함께 마음속으로는 끊임없이 음식을 떠올린다. 그러나 대부분의 감량 프로그램들은 식이요법을 지나치게 중시한다. 다시 말해 무엇을, 언제, 어떻게, 어디서, 얼마만큼 먹을 것인지에 초점을 맞추도록 유도하기 때문에 궁극적으로 별다른 효과를 거두지 못한다.

체중을 줄이기 위한 가장 좋은 방법은 음식에 대한 관심을 아예 거두어들이는 것이다. 즉, 음식이 마음속에 떠오르지 않게 해야 한다.

이러한 원리는 모든 습관에 적용된다. 예를 들어, 하루 종일 담배에 대해 생각하면 담배를 끊기가 그만큼 어려워진다. 집안일 싫다는 생각을 계속하면, 집에 돌아왔을 때 사랑의 감정을 느끼기가 그만큼 어려워진다.

문제를 직시하고 인정하는 것은 좋지만, 그것이 지나치면 문제 자체가 과대 포장되어 해결하기가 아주 어려워진다.

"불난 집에 부채질하지 마라."는 옛날 속담이 있다. 습관이 불난 집에 해당된다면, 생각은 부채질이다. 부채질을 많이 하면 할수록 불길은 점점 거세어진다. 습관의 경우도 마찬가지다. 습관에 대해 생각하면 할수록 습관은 점점 더 심각해 보인다. 모든 습관은 고쳐질 수 있으며, 그 일차적인 방법은 습관에 대해서 지나치게 의식하지 않는 것이다.

19

생각은 공포영화 같은 것이다

긍정적으로 생각하라. 원하는 것을 마음 속 깊이 생각하고 또 생각하면
그 바람은 어김없이 현실로 나타난다. 원치 않는 걸 떠올리지 말고
갖고 싶은 것, 하고 싶은 것을 생각하라.

−앤드류 매튜스−

 우리가 괴기영화나 공포영화를 보고 나서도 아무렇지도 않게 밥을 먹을 수 있는 이유는 무엇일까? 그것은 우리가 영화에서 한 걸음 물러서 있기 때문이다. 즉, 그것이 단지 영화일 뿐이라는 사실을 알기 때문이다. 영화가 끝나고 나면 그것으로 끝이다. 영화가 끝나면 우리는 영화 속이 아닌 우리의 삶으로 돌아온다.

그 점에 있어서는 생각도 마찬가지이다. 생각은 단지 우리 머릿속에서 일어나는 행위일 뿐이다. 어떤 생각이 일단 머릿속에서 지워지고 나면, 그 생각을 일부러 다시 떠올리지 않는 한 다시는 모습을 드러내지 않는다.

궁극적으로 삶의 질을 결정하는 것은 당신의 생각 자체가 아니라, 당

신이 생각과 맺은 관계이다. 즉 당신이 어떻게 생각을 생산해내는지, 그런 다음 그 생각에 어떻게 반응하는지가 당신의 삶의 질을 결정한다.

한번 잘 생각해 보라. 당신은 자신의 생각을 현실로 받아들이는가, 아니면 그냥 스쳐가는 생각일 뿐이라고 여기는가?

아침에 일어나서 "꿈이 아주 생생해."라고 말하는 것은 흔히 있는 일이다. 그러나 꿈이 아무리 현실처럼 느껴진다 해도 우리는 그것이 꿈이라는 사실을 안다.

가령 차를 고치러 정비소에 들렀다가 문제가 더 악화되는 꿈을 꾸었다 하더라도 정비소를 찾아가 불평을 늘어놓을 수는 없다. 우리는 꿈을 꾸는 것이 수면 중의 생각이라는 사실을 잘 알고 있다. 이와 마찬가지로, 깨어 있는 동안 생각이 아무리 생생하게 진행된다 하더라도 더 이상은 그것을 현실로 받아들일 필요가 없다.

스테이시라는 한 소녀의 예를 살펴보자. 그녀가 아주 어렸을 때, 일 때문에 바빴던 양친은 그녀를 24시간 돌봐 줄 보모를 고용했다고 가정해 보자.

어느 날, 그녀는 자신의 부모가 자신이 알고 있던 만큼 그렇게 자상하지 않았을지도 모른다는 생각이 문득 떠올랐다. 그녀가 어렸을 때 부모가 자기를 직접 돌보지 않고 보모를 고용했다는 사실이 생각났기 때문이다. 그때부터 그녀는 부모가 자신의 아이를 직접 돌보지 않는 것은 아이를 사랑하지 않기 때문이라는 결론을 내리게 되었다.

그녀가 그런 결론을 내린 근거는 무엇일까? 자신의 아이는 어떤 경우에라도 직접 길러야 한다는 신념을 그녀의 머릿속에 집어넣은 사람은 누구일까? 다름 아닌 그녀 자신이었다.

어느 순간 문득 부모에 대한 생각이 그녀의 머릿속에 떠올랐다. 처음에는 단순한 생각으로 출발했지만, 시간이 지나면서 그녀는 '어쩌면 우리 부모는 내가 생각했던 것만큼 나를 사랑하지 않았을지도 몰라' 라는 내용을 추가시켰다.

스테이시 자신이 그 동안 부모와 매우 건강하고 다정한 관계를 유지하고 있었다는 사실은 그 결론을 내릴 때 전혀 참고가 되지 않았다.

그녀가 이런 생각을 심각하게 받아들여 고민을 한다면 결코 기분이 좋을 수 없다. 그녀는 이 문제를 놓고 친구나 배우자와 의논하거나, 어쩌면 부모를 찾아가서 터놓고 얘기했을지도 모른다. 실제로 대중 심리학에서는 그렇게 하라고, 즉 떠오른 생각을 분석하고 그런 다음 거기에 따라 행동하라고 말하기도 한다. 그러나 이 모든 불행은 생각의 본질을 잘못 이해한 데서 나온 것이다. 스테이시의 경우, 자신의 생각을 끊임없이 스쳐 지나는 단편적인 것으로 보지 않고 그것을 부여잡고 너무 심각하게 고민한 것이 문제였다. 스테이시가 생각의 본질을 제대로 이해했다면, 자신의 성장과 관련한 부정적인 생각을 금방 떨쳐 버릴 수 있었을 것이다. 그랬다면 긍정적인 감정을 계속 유지하면서 자신의 처지에 대해 불만을 가질 필요가 전혀 없었을 것이다.

사람들은 대개 어떤 생각이 머릿속에 떠오르는 데에는 그럴만한 이유가 있다고 믿는다. 그래서 떠오른 생각은 현실을 반영하는 것이기 때문에 신경 써서 다루어야 한다고 생각한다. 그러나 우리가 생각과 본질을 제대로 이해한다면, 이것이 실수라는 사실을 금방 알 수 있다. 갑자기 불쾌한 생각이 들 때는 즉시 머리를 비워버려야 한다. 단지 그것은 그저 스쳐 지나가는 무익한 생각일 뿐이라고 치부해버리면, 당신의 인생에서 심각한 고민이나 걱정은 눈에 띄게 줄어들 것이다.

20

생각의 속성을
이해하라

독서는 해박한 사람을 만들고, 대화는 현명한 사람을 만들며,
필기는 정확한 사람을 만든다.
−프란시스 베이컨−

 생각이 어떤 식으로 잘못 이해될 수 있는지, 나아가 이러한 결과가 우리에게 어떤 영향을 주는지를 보여주는 전형적인 예가 있다.

실수로 식당 마룻바닥에 물을 엎질렀는데, 고개를 든 순간 맞은편 자리에 있는 남자가 못마땅한 표정을 지었다고 가정해 보자. 당신은 화가 나서 이렇게 생각할 것이다.

'저 사람 왜 저러는 거야? 자긴 한 번도 떨어뜨려 본 적이 없나? 웃기는 사람이야!'

그 일이 하루 종일 당신의 기분에 나쁜 영향을 끼쳐, 결국 당신의 하루는 엉망이 되고 만다. 시시때때로 당신은 그 일을 떠올리며 이런저런 생각을 하다가, 급기야는 화를 낼지도 모른다.

그러나 사실 그 사람은 당신이 물을 엎지르는 것을 보지 못했다. 그 사람은 그날 오전에 직장에서 자신이 저지른 실수를 곱씹으며 침울한 상태에 빠져 있었을 뿐이다. 그 사람은 당신에게 전혀 관심이 없었다. 사실 그 사람은 당신이 있었다는 사실조차 알지 못했다.

불행하게도 우리는 대개 이와 비슷한 상황을 여러 번 경험한 적이 있다. 이런 경우는 우리가 머릿속을 그릇된 정보로 가득 채우고, 그 정보들이 생각이 아니라 현실이라고 멋대로 해석해 버리기 때문에 일어나는 상황인 것이다.

일단 당신이 지금 생각하고 있는 어떤 일이 현실이 아니라 생각일 뿐이라는 사실을 이해하고 나면, 당신이 그 일에 대해 어떻게 생각하든 거기에 영향을 받지 않게 될 것이다.

많은 사람들의 삶의 경험을 형성하는 것은 그들의 생각일 경우가 많다. 우리가 어떻게 생각하느냐, 나아가 우리가 우리의 생각과 어떤 식으로 관계를 맺느냐에 따라 생각이 우리에게 미치는 효과가 달라진다.

외부 환경 자체는 중립적이다. 생각만이 환경에 의미를 부여한다. 똑같은 상황이라 하더라도 사람에 따라 전혀 다르게 해석하는 것은 이 때문이다. 만약 앞에서 살펴본 식당의 예에서 당신이 부정적인 생각을 없앴다면, 그 사건은 당신에게 전혀 문제가 되지 않았을 것이다.

일단 생각의 속성을 제대로 이해하게 되면, 우리의 생각은 우리가 살아가는 데 많은 도움이 된다. 반대로 생각에 대해 이해하지 못하면, 우리는 자기 생각의 희생자가 될 수도 있다. 그렇게 되면 삶의 질은 낮아질 수밖에 없다.

우리가 느끼는 행복의 크기는 우리가 처한 환경에 따라 늘어나는 것처럼 보이기도, 줄어드는 것처럼 보이기도 한다. 그러나 행복의 크기는 환경 자체가 아니라, 우리가 환경을 어떻게 해석하느냐에 따라 결정된다. 사람들에게 똑같은 환경을 만들어준다고 해도 저마다 그 환경에 대해 다른 해석을 하는 것은 이 때문이다.

생각의 본질을 이해하면 우리는 휴식이나 중용, 행복이라는 긍정적인 감정의 상태, 여유 있는 만족 속에서 살아갈 수 있다.

버나드쇼는 「워렌 부인의 직업」이라는 책에서 이렇게 쓰고 있다.

"자신의 처지가 만족스럽지 못한 이유는 나쁜 환경 때문이라고 불평만 늘어놓는 사람이 있다. 나는 나쁜 환경 따위는 믿지 않는다. 이 세상에 훌륭한 업적을 남긴 인물들은 모두 자기 스스로 일어서서 원하는 환경을 찾았다. 만일 그러한 환경을 발견하지 못하면 자신에게 맞도록 환경을 바꾸거나 만들어냈다."

버나드쇼의 이런 깨달음은 그다지 어려운 것이 아니다. 당신도 얼마든지 그런 깨달음에 이를 수 있다는 것을 명심하라.

21

성공도 실패도 습관이
결정한다

일의 기량을 닦기 위해서 가장 중요한 것은 실행과 경험이다.
-콜루맬라-

 우리가 매일 되풀이해 행하는 '습관'은 개개인의
인생행로를 결정하는, 가장 정신적이면서도 구체적인
기본 원리 중 하나이다. 다시 말해, 그것이 무엇이든
현재 가장 습관적으로 하는 일이 우리의 미래를 결정짓는다.

인생이 뜻대로 풀리지 않을 때마다 초조해하고, 다른 사람의 비판에
대해 공격적이거나 방어적인 자세를 취하며, 항상 자신이 옳다고 주장하
거나, 불운한 상황을 실제보다 훨씬 더 비관적인 눈길로 바라보고, 인생
이 위급 상황인 양 행동하는 습관에 젖어 있다면, 우리의 삶 역시 이러한
습관의 반영물이 되고 만다.

이 말을 다시 하자면, 실패하고 좌절하는 연습을 하기 때문에 결국 좌
절하고 마는 것이다. 이와 마찬가지로, 연습을 통해서 자신에게 숨겨져

있는 연민과 인내력, 친절, 겸손 그리고 평화라는 더없이 긍정적인 자질을 끌어낼 수도 있다.

나는 인간은 연습을 통해 완벽해질 수 있으며, 그렇기 때문에 매일매일의 습관에 주의를 기울여야 한다고 생각한다.

그렇다고 인생 전체를 원대한 계획으로 가득 채우고, 목표 달성을 향해 항상 자신을 질책해야 한다는 것은 아니다. 다만 자신의 내적 · 외적 습관을 의식하는 것이 삶에 큰 도움이 된다는 것이다. 지금 어디에 관심을 쏟고 있는가? 어떻게 시간을 보내고 있는가? 자신이 정한 목표에 도움이 되는 습관을 개발하고 있는가? 자신이 기대해 온 인생이 실제 자신의 인생과 일치하는가?

스스로에게 이러한 질문을 던져 보고, 정직하게 대답하는 것만으로도 어떤 방법이 자신에게 가장 유용한지 결정하는 데 도움이 된다.

혹시 "나는 좀더 많은 시간을 혼자 보내고 싶어" 혹은 "나는 항상 명상법을 배우고 싶었어" 하고 말하면서도 어찌 된 일인지 시간이 없어 그렇게 하지 못하지는 않았는가?

유감스럽게도, 많은 사람들이 마음을 살찌우는 일에 시간을 투자하기보다는 세차를 하거나, 재미도 없는 시시껄렁한 텔레비전 프로그램의 재방송을 보는 데 더 많은 시간을 쏟는다.

하지만 만일 매일같이 시간을 내서 하는 일이 자신의 미래를 결정짓는다는 점을 명심한다면, 분명 이전과는 다른 일들을 시작하게 될 것이다.

Part
2

기분의 원리

기분이 좋은 날에 미래를 설계하라

기분이 좋은 날에는 자신의 기분이 좋다는 사실에 감사하자. 기분이 좋을 때는 그것에 맞서려 하지 말고 느긋해지려고 노력해 보자. 그리고 전전긍긍하지 않고 우아함을 유지한 채 얼마나 침착할 수 있는지 지켜보도록 하자. 부정적인 감정과 싸우려들지 않고 품위를 지킨다면 그 기분 나쁜 감정들은 틀림없이 사라져버릴 것이다.

22

사소한 것에
목숨 걸지 마라

인생이란 것은 인간성의 합리적인 면과
비합리적인 면과의 끊임없는 투쟁이다.
−토인비−

 조금만 더 차분히 들여다본다면 실제로는 대단치 않은 일인데도 우리는 곧잘 흥분하곤 한다. 예를 들어 낯선 사람이 자신의 차 앞에 끼어들려고 할 경우, 대부분의 사람들은 그냥 그러려니 하고 흘려보내며 남은 하루를 잘 지내는 것이 아니라, 욕부터 하며 분개하는 게 당연하다고 생각한다.

당신이라면 그런 상황에서 어떻게 대처할지 마음속으로 한번 그려보자. 대수롭지 않게 넘어가는 대신, 나중에 다른 누군가에게 그 사건에 대해서 핏대를 올리며 얘기하지는 않는가?

왜 그 운전자가 다른 곳에서 사고라도 나도록 그냥 내버려두지는 못할까? 만약 그게 도저히 안 된다면 그 사람을 불쌍하게 여기고, 그렇게 마구 서두르는 행동이 얼마나 고통스러운 것인지 자신의 기억을 더듬어 보는 것은 어떠한가?

이렇게 함으로써 우리는 자신의 행복을 지키고, 다른 사람의 문제에 휩쓸리는 실수를 피할 수 있다.

일상에는 이와 비슷한, 사소하면서도 짜증스러운 일들이 얼마든지 있다. 줄을 서서 기다리거나, 얼토당토않은 비난을 듣거나, 꺼림칙한 일을 하게 되더라도, 사소한 것들에 신경 쓰지 않는 방법을 깨닫는다면 그에 따르는 보상은 엄청나다. 그러나 너무도 많은 사람들이 사소한 일에 끙끙대느라 정력을 낭비하고, 인생의 신비와 아름다움을 완전히 잃어버린 채 살아간다.

만약 지금부터라도 사소한 일에서 자유로워지기 위해 노력한다면, 놀랍게도 좀더 강해지고 더욱 친절하고 유연해진 자신을 발견하게 될 것이다.

23

기분을 억지로 바꾸려고
하지 마라

가장 중요한 것은 나의 내부에서 빛이 꺼지지 않도록 노력하는 일이다.
안에 빛이 있으면 스스로 밖이 빛나는 법이다.
−슈바이처−

 만약 당신이 갑자기 몹시 불쾌한 기분에 빠져들기 시
작했다면, 당신은 그 불쾌함을 먼지 털 듯 툴툴 털어내
버릴 수 있을까? 당신은 분명히 그러지 못할 것이다.

기분이라는 것은 애당초 우리가 선택할 수 있는 성질의 것이 아니다.
당신은 결코 기분을 피해 달아날 수 없으며, 막는다는 것은 더더욱 불가
능하다. 따라서 대부분의 사람들은, 시시각각 변하는 기분에 따라 자신
의 삶과 그 삶 속에서 일어나는 사건들을 늘 다른 시각으로 바라볼 수밖
에 없다.

그러나 당신은 싫어하는 일을 하면서 재미를 느끼지 못하는 것과 마찬
가지로 우울한 상태에서 억지로 빠져 나올 수 없다. 억지로 빠져 나오려
고 하면 할수록 당신의 기분은 더욱더 나빠진다.

기분이 좋지 않은 상태에서는 주변의 모든 일들이 지나치게 심각해 보이기 마련이다. 때문에 주변의 심각한 상황에 대해 위기감을 느끼게 된다.

사람들이 주로 우울한 상태에서 심각한 말들을 하는 것은, 특히 주변 사람들과의 관계에 대한 문제점을 토로하는 것은 바로 이 때문이다.

기분이 좋지 않을 때는 그 기분에 너무 연연하지 말고, 대수롭지 않게 여길 수 있는 나름대로의 방법을 찾아보도록 하라. 우울한 기분에 갇혀 지내지 말고, 삶을 현실적으로 바라보도록 노력하라.

기분이 좋을 때는 귀엽게 보이던 아이들의 행동도 기분이 좋지 않을 때는 무척 성가시게 느껴지기 마련이다. 그러나 기분의 변화는 어쩔 수 없는 것이라는 기분의 본질을 제대로 이해하고나면, 설령 기분이 몹시 안 좋을 때라도 아이들의 행동에 평소와 다른 반응을 보여 아이들을 당황하게 만든다는 일은 없을 것이다. 게다가 기분이 호전되고 난 뒤에 조금 전에 한 말이나 행동을 사과하느라 시간과 정력을 낭비하지 않아도 될 것이다.

이러한 기분의 원리를 완전히 이해하면, 기분이 좋지 못할 때 오히려 그 상태를 즐기는 방법을 발견할 수도 있다.

좋지 않은 기분을 오히려 즐기고 있는 당신의 모습을 상상해 보라.

사람들이 보통 기분이 좋지 않을 때 하는 행동, 즉 억지로라도 그 상태에서 빠져 나오기 위해 애쓰는 모습과 비교해 본다면 완전히 달라진 자신의 모습을 발견할 수 있을 것이다.

하루에 몇 분씩이라도 시간을 늘려 가면서 사물을 있는 그대로 바라보는 훈련을 해보라. 그러한 훈련이 익숙해질 때쯤이면 당신만의 새로운 세상을 발견할 것이다.

24

수시로 변하는 기분에
집착하지 마라

냉정한 인간에게도 예외는 없다. 어떤 기분도 시간이라는 과정을
거치게 되면 변할 수밖에 없다.
– 토마스 만 –

언젠가 내 사무실을 찾아왔던 한 남자에 대한 이야기를 해보겠다. 그는 사무실에 있는 동안 내내 지난 주말 부인과 함께 보냈던 즐거운 시간에 대해 이야기했다. 그들 부부는 오랜만에 함께 외출을 해서 영화를 보고, 식사를 하고, 와인을 마시며 서로의 사랑을 확인할 수 있었다고 했다. 이야기를 하는 동안 그는 무척 들떠 있었으며, 누구라도 그날 그를 봤다면 기분이 매우 좋은 상태라는 것을 금방 알 수 있었을 것이다.

다음날 그는 내 사무실로 다시 찾아왔다. 그런데 그는 뜻밖에도 부인과의 관계를 다시 생각해봐야겠다는 말을 꺼냈다. 자신은 부인을 위해 최선을 다하고 있는데, 부인은 그다지 고마워하지도 않으며 그를 사랑하는 마음도 예전 같지 않다는 것이었다.

"아내는 내가 하는 일을 늘 탐탁해하질 않습니다. 아내처럼 고마움을 모르는 사람은 처음 봤습니다."

"어제는 어땠습니까? 부인과 함께 아주 근사한 시간을 보냈다고 말씀하셨던 것 같은데요?"라고 내가 묻자, 그는 이렇게 대답했다.

"물론 그랬지요. 하지만 제가 완전히 잘못 생각했습니다. 저는 자신을 속이고 있었습니다. 그건 비단 어제뿐만이 아니라 결혼 생활 내내 그렇게 지내 왔습니다. 이제 이혼하고 싶습니다."

이와 같은 급격한 반전이 어리석어 보일 수도, 심지어는 우스꽝스러워 보일 수도 있겠지만, 이러한 일은 사람들이 자주 경험하는 일이다. 그러나 사람들은 자기 기분이 시시각각 바뀌고 있다는 사실을 미처 깨닫지 못한다. 대신 자신들의 삶이 어느 날, 혹은 어느 한순간에 갑자기 악화됐다고 생각한다.

우리의 기분은 매일, 매순간 쉴 새 없이 변화한다. 어떤 사람들의 경우에는 이러한 기분의 변화가 크지 않은 반면, 반대로 시시각각 극단적으로 기분이 바뀌는 사람들도 있다. 어떤 경우에 해당되건 변하지 않는 사실이 있다. 즉, 우리의 감정은 어느 한곳에 그리 오랫동안 머물러 있지 못한다는 것이다.

만사가 술술 잘 풀리는 것 같다가도, 갑자기 기분이 나빠지면서 제대로 되는 일이 하나도 없을 때가 있다. 때로는 아무런 희망도 없는 것처럼 느껴지다가도, 갑자기 기분이 밝아지면서 삶에 대한 의욕이 넘치는 자신을 발견할 때도 있다. 모순적인 듯 하지만 이것은 엄연한 현실이다.

누구나 기분이 좋을 때는 주위의 모든 것들이 편안하게 느껴진다. 어떤 일이라도 그다지 힘들게 느껴지지 않으며, 주변의 골치 아픈 문제들도 상대적으로 수월해 보인다. 사람들과의 관계도 쉽게 풀리고, 의사소통 또한 쉽게 이루어진다.

그러나 기분이 좋지 않을 때는 그렇게 하지 못한다. 그럴 때 우리는 제대로 듣는 능력을 상실하게 되며, 균형 감각도 흐려지고 만다. 그리고 사람들에게서 소외되었다는 생각을 하고, 모든 일들이 참을 수 없이 심각하고 힘들게만 느껴진다.

이러한 기분의 특성은 보편적이다. 다시 말해, 모든 사람에게 해당되는 진리인 것이다. 기분이 좋지 않은 상태에서도 행복하고 즐거워하는 사람은 없다. 마찬가지로 기분이 좋은데도 이유없이 짜증을 내거나 고집을 피우는 사람 또한 없다.

만약 당신이 그 동안 수시로 기분이 변하는 자신을 부끄럽게 생각하고 있었다면 이제부터는 그럴 필요가 없다. 다른 사람들도 당신과 마찬가지일 것이기 때문이다. 기분이 변덕스러운 것은 지극히 당연한 일이다. 당신에게 필요한 것은 이제 기분의 변화에 어떻게 대처해야 할 것인가 하는 문제이다.

25

우울할수록 느긋하게
생각하라

낙천주의자는 모든 불행 속에서도 기회를 찾지만
염세주의자는 모든 기회 속에서도 불행을 본다.
−윈스턴 처칠−

살다보면 당신은 어떤 어려운 문제로 인해 당신의
상황이 갑자기 악화되었다고 생각할지도 모른다. 그
러나 이것은 당신의 처지가 갑작스레 변한 게 아니라
단지 기분이 변한 것이다. 이를 이해하게 된다면 당신은 자신을 향한 좀
더 넓은 시야를 가질 수 있다.

넓은 시야를 가지면, 기분이 좋지 않을 때 머리 속에 떠오르는 생각들
을 가능한 한 덜 심각하게 받아들일 수 있다. 다시 말해, 생각의 속도를
늦추면서 그 생각으로부터 관심을 거두어들일 수 있는 것이다. 그렇게
되면 당신은 당신의 기분 상태에 대해서 좀 더 느긋한 태도를 가질 수 있
다. 뿐만 아니라, 그다지 힘들이지 않고도 다시 건강한 상태로 돌아갈 수
있다.

앞에서 예를 든 스테이시를 다시 생각해 보자.

어린 딸을 돌봐줄 보모를 고용했던 부모의 결정 때문에 그녀는 부모에 대해 부정적인 생각을 키워 나갔다. 그런데 이러한 스테이시의 부정적인 생각은 역시 기분이 좋지 않은 상태에서 비롯되었던 것이다. 스테이시가 기분이 좋은 상태였거나 기분의 원리를 제대로 이해하고 있었다면 상황은 달라졌을 것이다.

만일 그 전날 그녀가 기분이 좋은 상태였다면, 누군가 이 오래된 문제에 대해 어떻게 생각하느냐고 물었다고 해도 대수롭게 여기지 않았을 것이다. 어쩌면 그녀는 한바탕 크게 웃고 나서, "당신도 알다시피 그건 훌륭한 선택이었어요. 나도 나중에 아이를 낳으면 보모를 구할 생각이에요."라고 대답했을지도 모른다.

또 스테이시가 기분이 좋지 않은 상태였더라도 자신의 기분 상태를 제대로 이해하고 있었다면, 아마도 그녀는 지금은 기분이 좋지 않은 상태이기 때문에 기분이 나아졌을 때 다시 생각하는 것이 좋겠다는 판단을 내렸을 것이다. 그랬다면 스테이시는 좀 더 느긋하게 자신을 바라볼 수 있었을 것이다. 그리고 오래지 않아 유쾌한 감정을 회복할 수 있었을 것이며, 부모에 대한 부정적인 생각을 하게 되는 일은 생기지 않았을 것이다.

이 글을 읽고 있는 당신이 한 가지 알아 두어야 할 것이 있다. 그것은 내가 지금, 때로는 기분과 상관없이 주어진 상황에 대해 똑같은 결정을 내려야 할 때도 있다는 사실을 부정하고 있는 것은 아니라는 사실이다.

가령 스테이시가 보모를 두는 것이 썩 훌륭한 발상은 아니라는 나름대로의 가치관을 가지고 있다고 가정할 수도 있다. 그래서 훗날 결혼을 하고 아이를 낳았을 때, 기분에 상관없이 보모를 두지 않을 수도 있다는 것을 부정하는 것은 아니라는 말이다.

내가 이 글에서 하고자 하는 얘기는 가치관이나 신념 또는 타인의 철학에 관한 것이 아니다. 잠시 스쳐가는 생각이나 기분, 감정과 같은 개인의 심리 상태에 관한 조언을 몇 가지 하고자 하는 것이다.

지금 여기에서 이런 이야기를 하는 이유는, 혹시 누군가가 이 글을 읽고 나서 내가 제시한 심리적 조언에만 집착해서 자신의 가치관이나 신념 등을 잃어버리는 경우기 생기지 않을까 하는 우려 때문이다. 가령 스테이시가 보모를 두는 것을 바람직하게 여기지 않고 있다고 가정했을 때, 그러한 스테이시 개인의 가치관을 버려야 한다는 이야기를 하는 것은 아니라는 말이다.

앞의 예에서 스테이시는 가치관에 의해서가 아니라 순간적인 생각에 의해 자신의 처지를 바꿔 생각했고, 결국 우울한 기분에 젖어들게 된 것이다. 그럴 때 기분의 원리를 이해하고 있었다면 순간적으로 하게 된 부정적인 생각에서 벗어날 수 있었을 것이다.

갑자기 어떤 이유로 인해 우울한 기분에 빠져들었다면 기분이 나아질 때까지 느긋하게 기다려라. 바로 이것이 내가 여기에서 하고 싶은 말이다. 그리고 그렇게 하기 위해서는 기분의 원리를 제대로 이해해야만 가능하다는 점을 명심하도록 하자.

26

해결의 실마리는 유쾌할 때 찾아라

맨 처음 하는 생각이 언제나 최선의 생각은 아니다.
- V. 알피에리 -

우리는 보통 기분이 좋을 때 지혜와 상식에 더욱 가까이 접근할 수 있다. 기분이 좋을 때는, 도저히 불가능해 보이던 문제들이 더 이상 설명이 필요 없을 정도로 확연해진다.

불과 1시간 전에 우리를 짜증나게 했던 사람이 기분이 좋을 때는 재미있게 느껴지기도 한다. 뿐만 아니라, 그 사람과의 새로운 대화방법을 찾아내기도 한다. 좋은 기분은 따분한 대화 관계에 매우 강한 영향력을 미치기 때문이다.

1시간 전에 자신의 나이 문제로 고민한 사람도, 기분이 나아져서 긍정적인 감정 상태가 되면 자신의 나이를 오히려 적극적으로 활용할 수 있는 창의적이고 새로운 방법과 능력을 찾을 수 있을 것이다.

기분이 좋을 때는 이러한 자신의 능력을 독특하다고 여기기까지 한다. 그러나 기분이 좋지 않은 상태에서는 모든 것이 절망적으로 보인다.

기분이 좋은 상태에서는 새로운 사업을 구상하고, 좀 더 창의적이고, 통찰력이 깊어지고, 예사롭지 않은 자신의 능력에 감사할 것이다. 그리하여 당신은 기분이 좋지 않을 때는 보지 못했던 대안들을 찾게 될 것이다.

따라서 문제를 해결하는 중요한 열쇠 중 하나는 '좋은 기분'이 큰 효과가 있다는 사실을 아는 데 있다. 좋은 기분을 느끼는 것이 먼저이고, 문제를 해결하는 것은 그 다음에라도 늦지 않다.

이는 환경을 바꿔야 한다는 견해, 즉 행복은 결과에 달려 있다는 견해와 반대되는 입장이다. 문제를 해결하는 능력은 지혜와 상식에 접근하는 능력과 밀접한 관계가 있다. 지혜와 상식은 긍정적인 마음 상태나 긍정적인 감정 상태에서 나온다.

환경을 변화시키는 것이 행복에 이르는 열쇠나 문제를 해결하는 열쇠가 아니다. 변화된 당신의 환경에 대해 수천 번 생각해 보아도 뚜렷한 해결책을 찾을 수 없을 것이다. 만약 그랬다면 우리 모두는 아무 문제없이 행복하게 살고 있을 것이다. 그러나 우리는 그렇지 못하다.

우리는 자신의 환경을 좀 더 나은 쪽으로 변화시키고 싶어 한다. 우리는 졸업장을 받고, 직장을 구하고, 인정을 받고, 승진을 하고, 상을 받고, 그 외 우리를 행복하게 해줄 거라고 생각되는 일들을 하기 위해 노력한다.

그러나 우리는 원하던 목표에 도달하자마자 다시 행복감을 상실한 채, 우리의 환경을 변화시키고 더 나은 삶을 살기 위해 또 다른 방법을 모색하기 시작한다.

우리에게 일어나는 문제가 우리의 환경이 아니라 감정 때문에 더 복잡해진다는 사실을 모르고 있다면, 이러한 심리적 덫에서 벗어날 수 없다.

환경을 변화시키려는 노력을 멈추고 우리의 감정을 변화시키는데 관심을 쏟는 순간, 문제는 사라질 것이다.

이러한 것들을 이해하는 사람은 골치 아픈 문제가 발생하면 편안한 상태가 될 때까지 기다린다. 마침내 편안한 상태가 되면, 기분이 좋지 않을 때는 결코 찾을 수 없을 것 같던 해답들을 찾을 수 있을 것이다.

그렇게 되면 도전에 대처하는 능력도 배가된다. 왜냐하면 해결되지도 않을 문제를 해결한다며 괜한 에너지를 낭비하는 일은 더 이상 없을 것이기 때문이다.

27

기분은 경험의 결과가 아니라
원인이다

당신과 나를 비롯해 모든 사람에게 공통되는
문제는 살면서 공정했던 것을 생각하는 게 아니라,
그게 무엇이든 간에 우리의 기준에서 볼 때 공정한 것을 찾는다는 데 있다.
– 로버트 브라우닝 –

 일반적으로 사람들은 자신의 문제에 대한 해결
책이 환경의 변화나 힘든 고뇌의 과정을 통해 나온다
고 생각한다. 그러나 이는 결코 사실이 아니다.

일단 우리의 환경을 바꾸는 것이 문제를 해결하는 중요한 방법이라는
일반적이고 지배적인 견해에 대해 다시 생각해 보자.

살다 보면, 누구에게나 자신의 환경이 그다지 마음에 들지 않을 때가
있다. 그러나 환경에 대한 견해는 기분과 감정에 따라 달라지는 경우가
대부분이다.

예를 들어, 기분이 나쁠 때는 결혼을 덫이나 무거운 짐으로 여길 수 있
다. 반면 기분이 좋거나 긍정적일 때는 결혼을 위대한 협력 관계로 볼 수도
있다. 기분이 좋지 않을 때는 자기가 하는 일이 따분하고 하찮게 여겨지지

만, 기분이 좋을 때는 만족스럽고 올바른 생계 수단이라고 생각된다.

두 가지 예에서 주의 깊게 바라보아야 할 점은 어떤 경우든 환경은 조금도 변하지 않았다는 것이다. 변한 것은 우리의 기분이다.

우리가 직면한 골치 아픈 문제와 기분과의 관계를 이해하면, 환경을 바꾸지 않고도 문제를 해결할 수 있다.

환경에 대한 우리의 시각은 기분과 감정의 변화에 따라 달라진다. 따라서 긍정적으로 변화를 추구하는 것이 적절할 때가 있다 하더라고, 변화가 유일한 해결책이라는 생각에 갇혀 있을 필요는 없다.

사람들은 침체된 마음 상태에서 느끼는 감정을 신뢰하기 때문에, 침울할수록 자신의 처지에 대해 비관적이고 좀 더 자신을 만족시킬 수 있는 일이 없을까 하는 생각을 한다. 그러나 기분이 좋지 않은 상태에서는 아무리 다른 선택을 했더라도 새로 선택한 일 또한 마음에 들지 않을 것이다.

이럴 때는 환경을 변화시키기보다 기분을 변화시키는 쪽이 훨씬 더 쉽고 현실적이다. 그렇다면 기분이 좋아질 때까지 문제 해결을 미루는 게 현명하지 않을까.

기분은 경험의 결과가 아니라 원인이라는 것을 명심하자. 기분이 우리의 인식에 미치는 힘을 이해하고 나면, 기분이 나쁠 때는 없는 문제도 만들어 낼 수 있다. 그럴 때는 자신의 감정에 귀를 기울이거나 무조건 신뢰하지 말고, 기분이 나아질 때까지 기다려 보라.

그렇게 기분이 나아지면 자신을 둘러싼 환경이 달리 보일 뿐만 아니라, 골치 아픈 문제에 대한 신선하고 새로운 해답을 분명히 찾을 수 있을 것이다.

28

아침형 인간이
되어라

노력 없는 재물은 불꽃놀이와 같다. 인생의 정확한 목표를 설정하라.
단조로운 인생을 단호히 거부하라. 고통을 극복하면 성장이 있다.
–에릭 웨이언메이어–

 더 이상의 설명이 필요없는 방법이다. 수없이 많은
사람들이 이 간단하고 실용적인 방법을 통해 자신의
인생을 더욱 평화롭고 의미 있는 것으로 만들어 간다.

하지만 여전히 너무도 많은 사람들이 아침에 잠에서 깨자마자 서둘러
출근 준비를 하고, 커피 한 잔을 대충 마시고는 직장을 향해 달려나간다.
그리고 하루 종일 일에 시달린 후 피곤한 몸을 이끌고 집에 돌아온다. 집
에 남아서 자녀와 시간을 보내는 경우에도 마찬가지여서, 대개 자녀를
돌봐야 할 시간에 맞춰 일어나기 마련이다.

아침을 쫓기듯이 허겁지겁 시작하는 사람에게 다른 일을 할 시간이 거
의 없는 것은 당연하다. 직장을 나가든, 아이들을 키우든, 혹은 두 가지
일을 모두 하든 간에, 대부분의 경우 몹시도 지쳐서 자신을 위한 시간은

커녕 한숨 돌릴 여유조차 갖지 못할 것이다.

결국 사람들은 피로에 대한 해결책으로 "차라리 실컷 잠이나 자야겠어" 하고 결심하고는, 소중한 여가 시간을 잠을 자는 데 다 써버리고 만다.

이러한 상황은 사람들의 마음속에 깊은 절망감을 심어 준다. 분명 인생에는 직장과 자녀를 돌보는 일, 그리고 잠 이상의 것이 있어야 한다.

피로감을 극복하는 데 있어 가장 중요한 것은, 충족감의 결여와 뭔가에 의해 압도당하고 있다는 느낌, 이 두 가지 모두가 피로를 가중시킨다는 사실을 깨닫는 것이다.

사람들의 일반적인 생각과는 반대로, 잠을 조금 덜 자고 자신을 위해 좀더 많은 시간을 갖는 것이야말로 삶의 고단함과 싸워 나가는 데 꼭 필요한 것이다.

예를 들어, 하루 일과가 시작되기 전 한두 시간을 오직 자신만을 위해 할애하는 습관을 가져 보는 것은 어떨까?

나는 항상 새벽 3시에서 4시 사이에 일어난다. 조용히 커피 한잔을 마신 후, 요가와 명상을 한다. 그런 다음 위층에 올라가 잠시 글을 쓴다. 그리고 좋아하는 책을 한두 장 정도 읽는 것도 빼놓지 않는다. 그러고는 하던 일을 멈추고, 산 위로 솟아오르는 아침 해를 감상한다. 그 시간에는 전화벨도 울리지 않는다. 어느 누구도 부탁을 해오지 않는다. 반드시 해야만 할 일도 없다. 이때가 나의 하루 중 가장 조용한 시간이다.

아내와 아이들이 깰 무렵이면, 나는 하루 종일 기분이 좋으리라는 행복한 예감에 사로잡힌다. 그날 얼마나 바쁘건, 해야 할 일이 얼마가 되건 간에, 나는 '나만의 시간'을 가졌다는 것을 잘 안다. 나는 결코 기만당하거나 이용당했다는 느낌을 받지 않으며(불행히도 많은 사람들이 그렇게 느낀다), 내 인생이 온전히 내 것이 아닌 것처럼 느끼지도 않는다.

이러한 시간을 통하여, 나는 고객, 내가 믿고 따르는 사람들뿐 아니라 아내와 아이들에게 좀더 많은 것을 할 수 있게 되었다.

많은 사람들이 이 작은 변화가 그들 삶에서 가장 중요한 변화였다고 내게 말하곤 한다.

난생 처음으로 전에는 결코 누릴 수 없었던 조용한 시간을 자신을 위해 쓸 수 있게 되었다고, 독서를 하고, 명상을 즐기고, 일출을 감상하면서 완전한 조용함이 자기 안에서 퍼져나가는 기쁨을 알게 되었다고.

이른 아침에 경험하는 충족감은 바쁜 일과 때문에 빼앗긴 잠을 보충하는 것 그 이상이다. 아니 비교조차 할 수 없다. 물론 필요한 경우에는 밤에 텔레비전을 끄고, 한두 시간 일찍 잠자리에 드는 것도 나쁘지 않다.

29

주위 환경에 연연하지 마라

하는 일이 잘 되지 않아 실망하고 있는 사람이라면 거울 앞에 서자.
그리고 자신의 얼굴을 보고 반복적으로 말하라.
나는 용기 있는 사람이고 반드시 해낼 것이라고.
-프랭클린 루즈벨트-

 우리에게 당면한 문제의 원인이 환경이라면, 우리는 환경의 영향을 받을 수밖에 없을 것이다. 그러나 환경에 생명을 불어넣는 것은 환경에 대한 우리의 생각과 인식이다.

당신이 만약 당신의 아내 -또는 남편-가 당신에게 다정하게 대해주지 않는다는 불만을 가지고 있다고 가정해 보자. 문제를 해결하기 위해서는 환경을 변화시켜야 한다는 견해에 따르면, 이에 대한 유일한 해결책은 아내의 행동을 바꾸는 것이다.

그런데 당신이 아내의 행동을 바꿔보기 위해서 조심스레 아내에게 그녀에 대한 불만을 꺼냈을 때, 그녀는 "당신은 너무 예민해." 라고 대답하면서 당신의 말을 무시해버릴지도 모른다.

그리고 당신이 시간이 조금 지난 뒤에 다시 그 문제를 꺼냈을 때, 이번에는 그녀가 "지금 싸우자는 거예요?"라며 화를 낼지도 모른다. 만약 정말로 이런 결과가 나왔다면 당신은 어떻게 대처할 것인가?

또 다른 예를 생각해 보자. 당신이 지금 하고 싶은 일을 하기에는 너무 늙었거나 어리다는 생각을 가지고 있다. 환경을 바꿔서 되는 일이라면 다행이겠지만, 이런 일은 불가능하다. 당신은 갑자기 자신을 젊게 만들거나 빨리 성장할 수 있는가?

골칫거리가 돈 문제라면 또 어떻게 하겠는가? 쉴 새 없이 노력해서 돈을 많이 벌 수도 있겠지만, 그 돈을 버는 동안 당신은 어떠할까? 많은 돈을 모을 때까지 당신은 결코 행복하지 못할 것이다.

위의 예에서 볼 수 있듯이 대부분 문제는 기분과 연관되어 있다. 첫 번째의 예에서 당신이 만약 기분이 나쁜 상태라면, 당신은 아내의 대답에 대해 몹시 화를 내 오히려 관계가 더욱 악화될지도 모른다. 반면 기분이 좋은 상태에서는 똑같은 대답을 들어도 거기에 전혀 개의치 않을 수 있을 것이다.

두 번째 예에서도 만약 당신의 기분이 좋은 상태라면 나이, 능력 등의 환경에 연연하지 않고 현재에 최선을 다할 것이다. 아울러 자기한테 가장 잘 맞는 일을 하는 것에 대해 감사할 것이다. 나아가 다른 사람들이 당신에게 불쾌한 충고를 해도 화를 내는 대신, 그 속에서 진실의 요소와 당신에 대한 관심을 읽을 것이다.

세 번째의 예에서도 기분이 좋지 않은 상태라면, 당신이 원하는 일이나 가치 있는 일을 하기 위해서는 많은 돈이 필요하다고 생각할 것이다. 반면 기분이 좋은 상태에서는 이렇게 생각하지 않고, 생활이 아무리 빡

빡하더라도 당신이 가진 돈의 범위 내에서 즐거운 일을 찾을 것이다.

이처럼 기분이 좋은 상태일 때 우리는 필요한 것을 자기 안에서 찾고, 갖지 못한 것은 그다지 중요하게 생각하지 않으며, 갖고 있는 것에 대해서 감사의 마음을 품을 것이다.

이때도 여전히 목표를 추구하기는 하지만, 그러한 목표 추구가 우리의 삶을 지배하거나 파괴하진 않는다. 이미 가지고 있는 것을 즐기고, 나아가 삶이 원하는 방향으로 자연스럽게 흘러가는 것을 지켜보라.

30

자신의 마음 상태를
제대로 진단하라

슬픔에서 해방된 삶을 살고 싶으면 앞으로 일어나려고 하는
일을 마치 이미 일어난 일과 같이 생각하라.

– 에픽테토스 –

 세상 어느 누구도 기분이 나빠지는 것을 피할 수는
없다. 하지만 어떤 경우에 주로 기분이 나빠지고, 그때
어떤 일이 일어나는지를 이해한다면, 골치 아픈 문제
는 일단 뒤로 미뤄두고 가만히 앉아서 긍정적인 감정이 표면 위로 떠오를
때까지 기다릴 수 있을 것이다.

나의 경험을 예로 들어 보겠다. 기분이 몹시 좋지 않은 어느 날이었다.
나는 하루 종일 줄을 이어 찾아오는 고객들과 상담하느라 무척 지쳐 있었
다. 그래서 더 그렇게 느껴졌는지는 모르겠지만, 그날따라 제대로 되는
일이 하나도 없는 것처럼 느껴졌다.

퇴근하여 집에 왔을 때는 거의 녹초가 되어 있었다. 그때 다시 상담을
하고 싶어 하는 사람으로부터 급한 전화가 걸려 오는데, 그것은 정말 내

가 원치 않는 일이었다. 나는 뜨거운 욕조에 들어가서 휴식을 취하거나 아내나 딸에게 따뜻한 위로를 받고 싶은 마음이 굴뚝같았다. 하지만, 그 사람은 전화통을 붙잡고 계속 떠들어댔다.

내가 만약 기분의 본질을 이해하지 못했다면, 나는 화가 났을지도 모른다. 있는 대로 성질을 부리면서 적대적인 반응을 드러내고 그에게 무례한 욕설을 퍼부었을지도 모른다. 그리고 나중에 내 행동을 후회하고 사과를 했거나, 아니면 화를 낸 데에는 그만한 이유가 있었다며 나 자신의 행동을 정당화했을 것이다. 뿐만 아니라 나도 모르는 사이에 아내나 다른 식구들에게 화풀이를 했을지도 모른다. 그러나 나는 그날 내 기분이 매우 침체돼 있다는 것을 받아들였다. 나중에는 나아지겠지만 지금 모든 상황을 못마땅하게 여기고 있다는 사실을 객관적으로 인정했던 것이다.

그래서 나는 내가 할 수 있는 한 최선을 다해 그 사람의 말에 귀 기울이면서, 당신의 상황을 고려해 본 뒤에 다시 연락하겠다고 말했다. 그리고 나는 그에게서 들은 이야기를 내 마음 속 한 켠에 밀쳐 두었다. 기분이 나아지면 다시 그와 대화를 계속 해야겠다고 생각했기 때문이다.

정말로 아무 생각 없이 몇 시간을 보내고 났더니 기분이 한결 나아지고 그 문제에 대한 답이 명확해지는 것 같았다.

이처럼 기분이 좋지 않은 상태에서 어떤 문제에 부딪혔다면, 기분이 나아졌을 때에도 여전히 그 문제가 사라지지 않고 존재한다는 것을 기억하라. 기분이 좋은 상태에서는 어떤 위기가 닥쳐도 훨씬 효율적으로 대처할 수 있다.

물론 때에 따라서는 기분이 나아지기를 기다릴 수 없는 상황도 있다.

그러나 그때는 더 현명한 답과 문제를 해결하는 데 필요한 인내심이나 지혜를 발휘할 수 있는 좋은 기회이다. 그 점은 확실하다. 억지로 기분이 좋아질 수는 없지만, 기분의 본질을 이해한다면 이는 아무런 문제가 되지 않는다. 자기의 마음 상태를 이해하고 우리가 할 수 있는 최선의 선택을 하면 되기 때문이다.

내가 처한 상황에서 나의 고객이 당장 어떤 결정을 내려 주기를 원했다면, 아마 나는 나의 판단력이 흐려져 있다는 것을 인정하고 나름대로 최선의 결정을 내렸을 것이다. 물론 결정을 내리기에는 상태가 좋지 않다는 것을 전제로 해서 말이다.

이처럼 기분이 좋지 않은 상황이라는 것을 인식하면, 자신은 지금의 상황을 또는 사실을 정확하게 바라보고 있다고 가정했을 때보다도 오히려 현명한 결정을 내릴 수 있다.

31

합리적인 판단은 좋은
기분에서 나온다

자신이 실패한 사업을 바보 같은 사람들이 훌륭하게 성공시킨 것을
보는 것만큼 뼈저린 굴욕감은 없다.
−프로베르−

아마도 당신은 스스로를 향해 "나답지 않게 내가
왜 그랬지?" "내가 그런 말을 하다니 정신이 어떻게 되
었나 봐."라고 말을 한 적이 꽤 있을 것이다.

이런 경우는 일반적으로 나쁜 수도, 좋을 수도 있다. 과거에도 그랬듯
이 이러한 말을 한 당사자는 다름 아닌 당신 자신이며, 앞으로도 당신이
균형 감각을 잃을 때마다 역시 이 말을 할 것이기에 좋지 않은 것이고, 당
신이 그런 반응을 보였던 것은 기분이 좋지 않을 때였다는 점에서는 나쁘
지 않다고 할 수 있다. 다시 말해, 당신이 그런 말을 하게 만든 주범은 '나
쁜 기분' 이었다는 것이다. 기분이 좋은 상태였다면 당신을 둘러싼 환경
이 완전히 달라 보였을 테고, 그랬다면 당신은 다르게 행동했을 것이다.

기분이 침체된 상태에서는 상황의 어두운 면, 그리고 부정적인 면을

보게 된다. 우리는 이 점을 인정해야 한다. 물론 우리가 어떤 한 가지의 기분에 빠져 있을 때는 사물을 다르게 볼 수가 없다. 그러나 기분이 침체된 상태에서 하게 되는 부정적인 생각을 무시해버릴 수는 있을 것이다.

기분이 좋지 않을 때 심각한 문제가 발생한다 하더라도 그것에 대해 심각하게 걱정할 필요가 없다. 해결해야 할 문제는 당신의 기분이 나아졌을 때에도 여전히 존재하기 때문이다. 게다가 기분이 호전된 상태에서는 문제를 해결하는 것이 그만큼 수월해질 것이기 때문이다.

침체된 상태에서 벗어나는 지름길은 그때의 느낌을 가능한 한 빨리 지워버리는 것이다. 좋지 않은 생각을 자꾸 하다 보면 침체 상태에서 벗어날 수 없다. 부정적인 생각을 무시하는 방법을 터득하면 할수록 그만큼 빨리 긍정적인 느낌을 회복할 수 있을 것이다.

기분이 좋을 때 받아들이는 상황만이 현실에 가깝다거나 합리적이라는 이야기는 아니다. 보통 기분이 좋은 상태이든 나쁜 상태이든 자신의 상황은 현실이라고 생각할 것이며, 자신이 내린 판단이 가장 합리적이라고 생각하기 때문이다. 대부분의 사람들은 그 차이를 전혀 느끼지 못한다.

하지만 기분이 나쁠 때보다 좋을 때에 자신이 처한 상황을 훨씬 여유 있게 바라볼 수 있다는 것은 당연한 사실이다. 따라서 기분이 좋을 때의 판단은 그 반대의 경우에 비해 훨씬 객관적이고 합리적일 가능성이 높다.

이러한 문제의 해결책은 자신의 심리 상태를 인정하는 데에 있다. 다시 말해, 기분이 좋지 않을 때 부정적인 생각을 많이 한다는 사실을 제대로 이해하고, 자신의 기분 상태를 배려할 줄 알아야 한다. 근심을 떨쳐버리고 우울한 상태를 잘 넘길 수 있다면, 당신이 느끼는 행복의 수위는 다시 높아질 것이다.

32

기분이 왜 나쁜지 시시콜콜
따지지 마라

냉정한 인간에게도 예외는 없다. 어떤 기분도 시간이라는 과정을
거치게 되면 변할 수밖에 없다.
- 토마스 만 -

 어떤 일을 곰곰이 되씹다 보면 공연히 관심이 그쪽으로 자꾸 쏠리면서 스트레스를 받을 때가 있다.

기분이 좋지 않을 때 '난 내 직업이 썩 마음에 들지 않아' 라는 생각을 했다고 가정하자. 그러면 다음과 같은 두 가지 경우가 나타나기도 한다. 우선 그 생각을 기분이 나아졌을 때 다시 고려해 보기로 하고 생각하는 것 자체를 나중으로 미룰 수 있다. 이와는 달리, 자신의 직업이 싫은 이유, 상사가 싫은 이유, 출퇴근길이 싫은 이유 등 사소한 부분까지 하나하나 들먹이며 거기에 대한 생각에 골몰하는 것이다.

흔한 일이지만, 후자와 같이 생각을 확대시키다 보면 당신이 느끼는 스트레스는 폭발적으로 증가한다. 따라서 두 가지 방법 중 현명한 해결책은 전자의 경우로, 당신의 머릿속에서 일에 대한 생각은 모두 지워버

리고 기다리는 것이다. 일반적인 의견과 달리, 기분이 나쁜 이유에 대해 세세한 부분까지 따져가며 생각하면 위로가 되기보다는 오히려 기분이 더욱 침울해지면서 문제가 더 심각해 보일 수 있다. 이렇게 되면 사소한 불쾌감이 스트레스의 주원인으로 발전할 수도 있다.

슈퍼마켓에서 점원이 당신에게 빨리빨리 계산을 하라며 짜증을 냈다고 가정해 보자. 나중에 당신은 친구에게 그 경험에 대해 이야기할 것이다 -그 자체만으로도 좋은 기억은 아니다-. 당신은 그 점원의 말투가 어땠는지, 어떤 말을 했는지, 표정은 어땠는지, 당신이 거기에 대해 어떤 감정을 품었는지, 등을 얘기할 것이다. 그러면서 당신은 스트레스를 풀고 있다고 착각할지도 모른다. 하지만 그 설명이 구체적이라는 말은 그 사건이 다시 일어나고 있는 것처럼 느껴진다는 의미이기도 하다. 그 일은 이미 지나갔고, 지금은 친구와 함께 있다는 사실에도 불구하고, 당신이 느꼈던 감정이 다시 맹렬하게 되살아날 것이다. 슈퍼마켓에서 겪은 불쾌한 경험을 잊고 친구에게 다른 이야기를 했다면 그 점원은 떠오르지 않았을 테고, 따라서 스트레스를 주지도 않았을 것이다.

이처럼 어떤 사건에 대해 다시 생각하면서 상황을 재생산할 경우, 다름 아닌 우리의 생각이 그 사건에 다시 생명을 불어넣는다. 우리의 기억이 분명할수록, 우리의 감정은 그에 비례해 자극을 받는 것이다.

이러한 상황에 맞서 싸우기 위해, 초인적인 의지를 동원하거나 혹은 부정적인 생각은 전혀 하지 않는 척할 필요는 없다. 사실 부정적인 생각을 전혀 하지 않는 사람은 아무도 없다. 부정적인 생각 자체를 하지 않을 수는 없지만, 부정적인 생각을 무시할 수는 있다.

33

건강한 정신을 유지하는 데에도
연습이 필요하다

세상에서 가장 비극적인 삶이란 살아 있는 동안
인간의 정신이 죽어 있는 삶을 이른다.
─슈바이처─

기분이 좋지 않은 사람과 어떤 일로 부딪쳤을 때 우리는 그 결과가 어떻게 될지 충분히 예상할 수 있다. 보나마나 그 사람은 몹시 짜증을 내거나 화를 낼 것이다.

그런 상태에서는 당신도 마찬가지일 것이다. 기분이 좋지 않을 때 복잡한 문제를 해결하려고 하면, 십중팔구는 결과적으로 스스로 실망하거나 자신의 행동을 후회할 것이다. 기분이 나쁜 상태에서 지혜를 발휘한다는 것은 불가능하다.

하지만 문제는 사람들이 하필이면 기분이 좋지 않을 때 유달리 문제 해결에 적극적이라는 점이다. 침체된 기분은 혼란과 분노를 만들어낸다. 또한 침체된 기분은 문제를 해결해야 하고, 다른 사람들의 의견을 참조해야하고, 계속 말을 해야 하고, 자신의 생각과 감정을 솔직하게 표현해야 한다고 부추기기까지 한다. 그러나 기분이 나쁜 상태에서 느끼는 감정은 우리의 진짜 감정이 아니라, 기분이 좋지 않을 때 느끼는 감정일 뿐이다. 기분이 침체된 상태에서 우리가 경험하는 감정은 오로지 부정적인 감정뿐이다. 따라서 그런 감정을 신뢰하거나 거기에 근거해 행동해서는 안 된다.

당신을 괴롭히고 있는 어떤 일에 대해 누군가와 의논하고 싶다면 기분이 좋을 때를 택하라. 기분이 나쁠 때가 아니라면 누구라도 상관없다.

또 하나 혼란스러운 것은, 하필이면 기분이 좋지 않을 때 사람들을 만나야겠다는 생각이 든다는 점이다. 그렇게 하는 것이 가끔 효과가 있을 때도 있지만, 생각하는 것만큼 그렇지가 않다.

우리를 괴롭히는 문제에서 어느 정도 떨어져 있다 보면 처음에 비해 문제의 심각성이 작게 느껴질 때가 많다. 기분은 보통 논쟁과 문제의 결과가 아니라 근본 원인이다. 기분이 좋은 상태에서는 똑같은 상황도 완전히 달라 보인다. 기분이 침체돼 있을 때 어쩔 수 없이 누군가를 만나야 한다면, 당신이 지금 기분이 나쁜 상태이며 따라서 상황을 바라보는 당신의 시각이 제한돼 있다는 점을 명심해야 한다. 이 점을 잊지 않는다면 당신은 균형 감각을 유지할 수 있다.

무슨 일이든 연습을 하면 쉬워지듯이, 건강한 정신을 유지하는 데에도 연습이 필요하다. 당신이 행복이라는 멋진 느낌을 신뢰하면 할수록, 그만큼 당신은 그 상태에 오래 머무를 수 있다.

침체된 기분을 분석하려 하기보다는 무시하도록 노력하라. 그러면 좋지 않은 기분은 금세 사라질 것이다. 침체된 기분을 삶에 있어서 부차적인 것으로 받아들이고 그런 기분 상태를 무시하기 위해 최선을 다하다 보면, 당신은 더욱더 행복한 삶을 누릴 것이다.

34

올바른 균형감각을
유지하라

인내는 인간이 희망을 갖기 위한 하나의 기술이다.
– 보브나르스 –

 사람들은 대부분 한 번쯤 자신의 정체성에 대한 혼란을 경험한다. 자신이 꼭 '지킬 박사와 하이드 씨' 처럼 이중적인 삶을 살고 있는 것 같다고 느끼는 경우도 있다. 기분이 좋을 때는 다른 사람들이 아름답거나 멋있어 보인다. 균형 감각과 지혜를 발휘하고, 타협의 묘를 발휘하고, 색다른 관점으로 문제를 이해하게 되고, 유머 감각을 잃지 않게 된다. 뿐만 아니라 위기가 닥쳤을 때 상식적으로 어떤 행동을 취해야 할지 직관적으로 알 수도 있다.

그러나 기분이 좋지 않을 때는 균형 감각 혹은 인내심을 잃고, 공연히 문제가 어려워 보이고, 힘들고, 절망적으로 보인다.

이런 상태에서는 모든 일들이 짐처럼 느껴지고, 다른 사람들이 귀찮게 느껴지거나 그들이 자신을 전혀 이해하지 못하는 것처럼 보인다.

자신과 다른 생각을 가진 사람들을 만날 때마다 모욕을 받는 것처럼 느껴지는 한편, 괜히 조급한 마음까지 든다. 심지어는 모든 문제가 자신을 괴롭히기 위해 존재하는 것 같은 생각마저 든다. 그러다 다시 기분이 좋아지면, 우리의 머릿속은 말끔하게 비워지고 다시 가벼워진다. 모든 관계가 풍요로워지고 왠지 자신에게 호의적으로 보인다. 그러다가 다시 침울해지면, 처음에 그랬던 것처럼 마음에 근심과 걱정이 가득 찬다.

역설적으로 말하자면, 문제를 해결하거나 다른 사람들과의 문제를 풀어야 한다는 부담을 심하게 느낄 때는 기분이 가장 침울해져 있을 때이다. 그러므로 우선 기분 전환을 하는 것이 가장 합리적인 해결책이다.

다른 사람들과 조화롭고 만족스러운 관계를 유지하고 싶다면, 먼저 자기 자신에게 어떤 문제가 있는지를 점검할 필요가 있다. 기분이 침울해졌을 때 당신이 해야 할 일은 당신 자신을 의심하고 경계하는 것이다.

침울한 상태에서는 합리적인 판단을 할 수 없기 때문에 자신도 미처 의식하지 못하는 사이에 괜한 문제를 일으킨다.

이러한 마음 상태에서는 다른 사람들을 있는 그대로 보지 못하기 때문에 결코 현명한 결정을 내릴 수 없다. 이와 같은 기분에서는 언제나 수동적이고 방어적이며, 고집을 부리고, 생각의 폭이 좁아진다. 따라서 부정적인 관계로 치달을 위험이 아주 크다. 그러나 기분이 좋은 상태에서는 다른 사람들의 문제가 그다지 심각하게 보이지 않는다.

이런 사실을 알고 있는 사람은 자연스럽게 감정의 변화를 시도한다. 침울한 상태가 지속되는 시간이 짧아질 뿐만 아니라 그 심각성도 훨씬 줄어든다. 그렇게 되면 어리석은 결정이나 과장된 반응 때문에 후회하는 일 또한 없을 것이다.

35

상대방의 기분을 이해하라

자신을 타인에게 필요한 존재로 만들어라.
타인의 인생을 힘들게 만들지 마라.
- 에머슨 -

 자기 자신의 문제점과 한계를 인정하면 평온한 마음을 유지할 수 있다. 자신도 실수를 할 수 있고, 남보다 못할 수도 있다는 사실을 인정하고, 자신에 대해 연민을 가진다면 세상을 살아가는 데에 훨씬 여유가 생길 것이다.

우리의 기분이 침울할 때를 아는 것도 중요하지만, 다른 사람들의 기분이 언제 나빠지는가를 아는 것도 중요하다. 다른 사람, 특히 우리와 가까운 사람들의 기분 상태를 파악하는 것은 우리들이 일반적으로 생각하는 것보다 훨씬 중요한 일이다. 그리고 그것은 그리 어렵지 않은 일이다. 그럼에도 불구하고 보통 사람들은 타인의 감정 상태에 소홀하다.

실제로 우리 자신의 기분보다 다른 사람의 기분을 파악하는 것이 더 쉽다. 자기보다 다른 사람을 대하는 것이 거리를 유지하기가 수월하기 때문이다.

사람들의 침체된 기분을 파악한 뒤, 기분을 이해하고 존중해 보라. 그렇게 되면 상대방의 기분 때문에 자신이 상처를 입거나 침울해지는 것을 막을 수 있을 것이다.

우리가 사랑하는 사람들이건 우리와 함께 일하는 사람들이건 누구나 기분이 좋지 않은 상태에서는 다들 유머 감각이나 균형 감각을 잃는다. 그래서 평상시의 인격이나 감정 상태로서는 생각도 하지 못할 말이나 행동을 하기도 한다.

기분이 사람들에게 미치는 효과를 이해하지 못한다면, 그들이 하는 잘못된 행동이나 말에 일방적으로 피해를 입을 수밖에 없다. 그러므로 당신은 미리 감정의 내성을 길러야 한다. 저들이 저럴 수도 있으리라는 사실을 미리 인정해야 하는 것이다.

일시적인 기분이 우리들의 부정적인 행동에 대한 변명이 될 수 있을까? 그렇기도 하고 그렇지 않기도 하다. 관건은, 다르게 바라보거나 다른 사람의 기분 변화에 아무렇지 않은 척하는 것이 아니라, 기분의 영향을 받는 인간이야말로 완전한 인간이라는 점을 인정하는 데 있다. 이것이 바로 근본적인 해결책이다.

우리가 할 수 있는 일은 기분이 삶 전체를 바꿀 수 있다는 믿음을 가지고 긍정적인 예를 하나하나 만들어 나가는 것이다. 그러다 보면 당신은 다른 사람이 기분이 좋지 않은 상태에서 하는 말과 행동을 심각하게 받아들이지 않을 수 있게 된다.

당신에게 한결 더 여유가 생기면, 상황을 판단한 후 침체된 상태에서 빠져 나와 좀 더 긍정적인 마음 상태를 회복하도록 사람들을 도와 줄 수도 있다. 당신 혼자의 힘으로는 그 사람의 기분을 책임질 수 없다 하더라도, 당신이 끝까지 그 사람의 기분에 대해 평형감각과 행복감을 유지할 수 있다면 그 자체로 사람들을 돕는 것이다.

상대방의 침체된 기분을 심각하게 받아들이지 않는다면, 상대방이 느끼는 침체기가 짧아질 뿐만 아니라 그 폐해도 훨씬 줄어들 것이다. 사람들은 자신의 침울한 기분을 상대방이 의식하면 할수록 더욱더 깊은 우울증에 빠지는 성향이 있다.

사람들이 침울한 상태에 빠져 있을 때 섣불리 충고하려 하지 말라. 어떤 사람이건 기분이 저조한 상태에서는 정보를 수용하려 하지 않기 때문이다. 하지만 무턱대고 상대방의 그러한 상태를 외면하거나 무시해서도 곤란하다. 다만 새로운 방식으로 상대방을 이해하고 배려해 보라. 이해하고 배려하면 더 이상의 문제는 생기지 않을 것이다.

36

하루에 한 번 이상 누군가를
칭찬하라

마치 미소는 음악과 같은 것이다.
웃음의 멜로디가 있는 곳에 재앙이 다가오지 못한다.
—샌더스—

 누군가에게 자신이 얼마나 그를 좋아하고, 존경하고, 고마워하는지 말해 본 적이 있는가? 혹은 그런 생각을 하며 보낸 시간이 얼마나 되는가? 아마도 별로 많지 않을 것이다.

"마지막으로 언제 칭찬을 들었는지 기억조차 나지 않아요."

"칭찬이오? 들은 적이 거의 없어요."

내가 사람들에게 타인으로부터 마음에서 우러나오는 칭찬을 들은 적이 있느냐고 물을 때마다, 사람들이 들려주는 대답이 대게 이렇다. 때로는 슬프게도, "들은 적이 전혀 없어요."라고 대답하는 사람도 있다.

사람들이 자신들이 느끼는 긍정적인 감정을 상대방에게 얘기하지 않는 데는 몇 가지 이유가 있다. 대부분의 사람들은 이렇게 변명한다.

"굳이 그들에게 그런 이야기를 할 필요가 없어요. 그들은 이미 내 마음을 다 알고 있는 걸요."

"나는 그 사람의 능력을 높이 사요. 그렇지만 칭찬의 말을 직접 하기가 쑥스러워요."

하지만 이런 사람들도 다른 사람들의 진정한 찬사나 칭찬을 듣는 것을 좋아하느냐는 질문에는, 십중팔구 "그럼요. 좋죠" 하고 대답한다.

상대방에게 자주 칭찬의 말을 건네지 않는 이유는 무슨 말을 해야 할지 몰라서, 쑥스러워서, 상대가 이미 자신의 마음을 알고 있어서, 아니면 칭찬하는 습관이 몸에 배지 않아서일 수도 있다. 아무튼 그 이유가 무엇이건 간에 바로 '지금' 이야말로 우리가 자신의 미온적인 태도를 수정할 때이다.

누군가를 향해 '당신을 좋아하고, 존경하고, 고마워 한다' 라고 얘기하는 것은 '마음에서 우러나오는 친절을 베푸는 행위' 이다. 그것은 대단히 쉬운 일이다. 그리고 일단 이에 익숙해지면 좋은 결과가 뒤따른다.

사람들은 남들이 자신을 인정해 주기를 바란다. 특히 자신의 부모, 배우자, 자녀 그리고 친구와의 관계에서 인정받기를 간절히 원한다. 하지만 낯선 사람으로부터 받는 칭찬 역시, 그것이 진심에서 우러나온 것이라면 기분 좋은 일이다.

상대를 어떻게 생각하는지 들려주고, 칭찬하는 사람의 마음 또한 기쁨이 넘치게 된다. 그것은 사랑과 친절의 제스처이다. 그것은 칭찬하는 사람의 생각이 누군가를 향해 올바르게 열려 있다는 것을 의미한다. 그리고 이렇게 긍정적인 생각을 계속하게 되면 마음이 한없이 평화로워진다.

일전에 나는 어느 야채 가게의 점원이 믿기 어려울 정도로 인내력을 발휘하는 것을 목격했다. 그는 뚜렷한 이유도 없이 화가 난 한 고객으로부터 야단을 맞고 있었다. 그는 부당한 처사에 맞서거나 불쾌감을 드러내지 않고 침착하게 행동하였다. 그러자 상대는 차츰 분노를 누그려뜨리고 안정을 되찾아 갔다.

마침내 내가 야채 값을 지불할 차례가 되었고, 나는 그 점원에게 "당신이 그 고객을 다루는 모습에 깊은 인상을 받았어요" 하고 말해 주었다. 그러자 그는 내 눈을 똑바로 쳐다보며 "감사합니다, 선생님. 제게 칭찬을 해준 분은 선생님이 처음이세요" 하고 말했다.

그에게 그런 얘기를 해주는 데는 채 2초도 걸리지 않았다. 그러나 그것은 그뿐 아니라 내게 있어서도 그날 중 최고로 멋진 순간이었다.

37

행복은 결과가 아니라 느낌이다

오래 가는 행복은 정직한 것 속에서만 발견할 수 있다.
—리히텐베르히—

 어떤 '의식'이나 '기술'에 의존하여 만족감을 얻으려 한다면 당신은 신이 아닌 이상 그 느낌을 영원히 지속시킬 수 없다. 무엇인가 옳은 일을 하는 것이 행복이라고 여기면, 당신은 자주 좌절하게 될 수도 있다.

나는 "언제나 나는 옳은 일을 하려 한다. 그런 내가 왜 이렇게 불행한가?"라고 반문하는 사람들을 많이 보아 왔다. 이유는 늘 똑같다. 그들은 행복을 잘못 정의하고 있는 것이다. 행복을 특정한 기술로 찾을 수 있는 것이라고 생각하기 때문이다.

만일 운동이 당신의 기술이라면, 부상을 입어서 운동을 할 수 없을 경우에는 어떻게 하겠는가? 만일 당신이 노래를 잘 부르는 기술 덕분에 행복을 느낀다면, 노래를 부르지 못하는 상황에 처해 있을 때는 어떻게 하겠는가?

진정한 행복은 이러한 특정한 기술이나 환경에 의해서 제약을 받지 않는 것이다. 행복은 어떤 조건에도 구애받지 않는, 자유롭고 영속적인 것이어야 한다. 기술 자체에는 당신을 행복하게 해줄 힘이 없다. 기술은 당신이 특정한 목표에 도달할 수 있도록 도와줄 수는 있지만, 행복의 느낌을 주지는 못한다.

행복이 순간적인 느낌이라는 것을 이해한다면, 행복을 느꼈을 때 그 느낌을 키우고 유지할 수 있을 것이다. 행복을 느끼는 데 관심을 집중시키면, 당신의 생각은 일시적으로 산만해지겠지만 당신의 마음은 상대적으로 깨끗해진다.

사실, 생각은 이처럼 기분이 좋은 상태에서 해야 한다. 사람은 기분이 좋은 상태에서 최선의 생각과 지혜, 상식에 가까이 다가갈 수 있기 때문이다. 또한 최선의 생각과 지혜는 행복의 감정을 지속적이고 영구적으로 경험하게 해주며, 행복을 습관적으로 지향하게 만든다. 기분이 좋을 때에는 마음에 여유가 생기기 때문에 자신의 감정을 해치는 생각들 따위에는 그다지 관심을 갖지 않는다.

이러한 마음 상태에서는 당신이 싫어하는 일들이 생긴다 하더라도 행복을 유지하는 것이 가능하다. 행복은 결과가 아니라 과정을 통해 느끼는 지속적인 감정이다. 무엇이 행복이고, 그 행복을 어디서 어떻게 찾을 수 있는가를 당신이 안다면, 엉뚱한 곳에서 헤매지 않고 지속적으로 행복감 속에 머무를 수 있을 것이다.

38

짜증이 나는 날을 조심하라

자신이 하는 일을 재미없어 하는 사람치고
성공하는 사람 못 봤다.
–데일 카네기–

늘 평화롭고 편안해 보이는 사람들을 자세히 관찰해 보면, 항상 기분이 상쾌할 때 주위의 모든 것에 감사하는 마음을 가지고 있다는 사실을 알 수 있을 것이다.

이들은 긍정적인 감정과 부정적인 감정이 항상 마음속을 차례로 오가는 것을 당연하게 여기며, 언젠가는 기분 나쁜 순간이 찾아오리라는 것을 예상하고 있다. 행복한 사람들은 이것을 아무렇지도 않게 자연스러운 현상으로 받아들인다.

반면에 항상 불안해 보이고 짜증을 많이 내는 사람이 있다면, 그는 언제나 자신의 환경에 불만을 가지고 살아가고 있다는 것을 쉽게 알 수 있을 것이다.

어느 날 한 여자가 내 사무실로 찾아온 적이 있었다. 그녀는 자신의 남편에 대한 고민을 안고 살아가고 있었다. 그녀의 남편은 사업을 하고 있는데, 매사에 만족할 줄 모르고 자주 짜증을 내는 사람인 것 같았다.

"저는 결혼하기 전에는 하루하루가 즐겁고 편안했어요. 제 주위에 있는 모든 사람들도 모두 제게 따뜻하게 대해 주었고, 언제나 제 입가엔 웃음이 떠나지 않았어요. 저와 성격이 다른 그에게 특별한 매력을 느껴서 결혼을 했는데, 이제는 저까지 제 남편의 성격을 닮아가고 있는 것 같아요."

그녀는 남편을 만나기 전까지는 밝고 명랑한 성격이었는데 결혼을 하고 나서부터 조금씩 짜증이 늘어가고 하루하루가 견디기 힘들다는 것이었다.

이 경우처럼 항상 얼굴을 찌푸리고 다니며, 불만에 가득 차서 살아가는 사람은 자기 뿐 아니라 주변의 사랑하는 사람들에게도 상처를 입히기가 쉽다.

어떤 성격을 가진 사람이든 누구나 인생을 살아가다 보면 어려움이 닥치기 마련이다. 항상 편안하고 행복해 보이는 사람에게나 항상 찌푸리고 다니는 사람에게나 그런 고난은 삶의 곳곳에 지뢰처럼 숨어 있기 마련이다.

그런데도 그들이 항상 다른 삶을 살아가고 있는 것처럼 보이는 이유는, 기분이 나쁜 횟수와 정도 때문이 아니라 나빠진 기분에 대응하는 방법에 차이가 있기 때문이다.

기분이 나쁘다는 이유만으로 자기감정에 맞서 싸우거나 당황하지 말고, 이 감정 역시 사라질 것이라는 사실을 상기하면서 초연하게 기다리는 훈련을 해보라. 이를테면 부정적인 감정에 대항하거나, 그것으로 인해 당황하기보다는 차분히 수용하며 품위를 지키는 것이다. 부정적인 감정 상태에서 부드럽고 우아하게 빠져 나와 좀 더 긍정적인 마음의 상태로 들어갈 수 있을 것이다.

내가 아는 어떤 행복한 사람도 종종 기분이 나빠질 때가 있다. 그러나 그가 다른 사람과 아주 다른 점은 그런 우울한 기분에서도 편안해 보인다는 사실이다. 그는 조만간 다시 행복해지리라는 사실을 알고 있기 때문에 침울한 기분에도 그다지 영향을 받지 않는다. 갑자기 기분이 나빠지더라도 대수롭지 않게 넘겨 버리는 것이다.

기분이 좋은 날에는 자신의 기분이 좋다는 사실에 감사하자. 그리고 기분이 좋지 않을 때는 그것에 맞서려 하기보다는 느긋해지려고 노력해 보자. 그리고 자신이 전전긍긍하지 않고 우아함을 유지한 채 침착할 수 있는지 지켜보도록 하자. 부정적인 감정과 싸우려들지 않고 품위를 지킨다면, 그 기분 나쁜 감정들은 틀림없이 사라져버릴 것이다.

39

스트레스를 억지로
참지 마라

명랑한 표정은 밥상을 진수성찬으로 만든다.
−G. 허버트−

당신은 지금 이 순간 만족감을 느끼고 있는가? 지
금 이 순간 당신은 주어진 일에 행복해 하고 있는가?
아니면 자신의 생각을 필요 이상으로 심각하게 받아
들이면서 괴로움을 느끼고 있는가?

스트레스의 유일한 존재 가치는 우리가 심리적인 위험 상태를 향해 치
달을 때 미리 경고를 보내는 데 있다. 따라서 스트레스를 많이 느끼면 느
낄수록, 마음속에 떠오른 생각을 가능한 한 떨쳐버려야 한다.

우리가 행복과 점점 멀어지려고 할 때 그러한 경향을 미리 알려준다는
점에서 스트레스는 우리의 친구가 될 수 있다. 어쩌면 스트레스야말로
우리가 행복의 길로 가는 데 꼭 필요한 동반자인지도 모른다.

예를 들어 감기 기운을 느낄 경우, 우리는 그날 하루는 쉬어야겠다는

결정을 내릴 수도 있고 그렇지 않을 수도 있다. 심리적인 스트레스가 증가할수록 우리는 우리의 현재 감정에 주목하면서 그 감정의 문제점을 해소할 방법을 찾는다.

운동선수가 발목을 삐면, 아마도 그 사람은 다친 발목을 치료하기 위해 연습을 그만둘 것이다. 마찬가지로 기분이 좋지 않으면 휴식을 취해야 할 필요성도 그만큼 커진다. 긴장감이 커질수록 우리가 하고 있는 일, 나아가 우리가 하고 있는 생각을 늦추거나 멈추어야 한다.

그러나 어찌 된 이유에서인지 사람들은 정반대로 행동하는 경우가 많다. 스트레스를 느끼면 사람들은 오히려 소매를 걷어붙이고 일에 몰두한다. 인간관계에 문제가 있다고 느끼면, 사람들은 '그 원인을 파헤치려고' 고민한다. 자신이 처한 골치 아픈 문제들을 모두 끄집어내어 어떻게든 해결하려고 한다. 그러나 그런 상태에서는 인내심과 지혜, 상식을 잃고 있기 때문에 사물을 필요 이상으로 심각하게 받아들이고, 결국에는 절망하고 만다.

이상하게도 이는 우리 대부분이 알고 있는 것과 완전히 반대되는 견해이지만 틀림없는 사실이다.

스트레스를 받아들이라는 논리는, 스트레스의 수위는 스트레스에 대한 우리의 인내심과 일치한다는 단순한 원리에 근거하고 있다.

스트레스를 무시하고 참는 사람들은 스트레스가 하는 말들에 관심을 기울이지 않기 때문에 오히려 심리적인 질병을 얻는다. 심한 사람들의 경우에는 결혼생활의 파국을 맞이하거나, 알코올 또는 약물 중독 치료소에서 삶을 마감하기도 한다.

이에 비해 스트레스를 받아들이는 사람들은 일에서 헤어나지 못하거나 아이들에게 심한 욕을 퍼붓는 자신을 보면서 스트레스에 좀 더 빠르게 관심을 기울인다.

스트레스를 수용하는 사람들은 친구나 가족에게 부정적인 생각을 갖기 시작한 순간, 한 걸음 물러서서 균형 감각을 회복해야 할 때가 됐다는 것을 본능적으로 감지한다. 이런 점에서 이들은 스트레스를 담아두는 사람보다 훨씬 유리하다.

스트레스를 정도껏 받아들이는 사람의 삶은 윤택하다. 스트레스를 가능한 한 빨리 인정할 때, 스트레스의 싹을 초기에 잘라 버리고 긍정적인 감정 상태로 조금 더 빨리 돌아갈 수 있다.

스트레스에 대한 이 같은 입장은 매우 효율적이다. 우리 내부에서 느끼는 평화와 행복이 클수록, 나아가 우리 자신의 순간적인 생각에 덜 지배당할수록 우리 삶의 모든 영역에서 보다 큰 생산성과 효율성을 발휘할 수 있기 때문이다.

40

스트레스는 의외로
힘이 약하다

좋은 감정에서 비켜나 있다고 생각하는 유일한 존재가 있다면
그건 바로 당신이다.
− 실라 크리스털 −

 보통 사람들은 스트레스 앞에서 무기력하고, 속수
무책으로 스트레스에 피해를 당하고 있다고 호소한
다. 이들에게 스트레스는 어쩔 수 없는 요지부동의 괴
물처럼 보인다.

하지만 이런 인식은 스트레스에 대해 근본적으로 오해하고 있는 데서
비롯된 생각들이다. 사실 스트레스는 실체로서 존재하지 않으며, 혹 존
재한다고 하더라고 그 힘이 아주 미약하다. 왜냐하면 스트레스는 언제나
우리의 감정과 기분에 편승하고 의존하기 때문이다.

따라서 스트레스가 존재하지 않는다고 생각하거나 존재하지만 미약
한 힘을 지닌 것에 불과하다고 생각할 때, 스트레스는 정말로 줄어들거
나 완전히 사라진다.

반대로 스트레스에 지레 겁을 집어먹고 당황하면, 이놈은 급속도로 당신의 영혼을 마비시켜 버린다. 그러면 당신은 풀이 죽은 목소리로 이렇게 하소연할 것이다.

"스트레스는 정말 무섭다. 어떻게 해도 당해낼 수가 없다."

하지만 이 말은 사실이 아니다. 스트레스를 쉽게 받는 사람들은 그만큼 주변의 일에 대해 민감하게 반응한다. 왜냐하면 잘못된 모든 일의 원인을 바깥에서 찾고자 하는 무의식적인 행동에 길들여져 있기 때문이다.

다시 한 번 말하거니와, 당신을 괴롭히는 것은 현실 속의 어떤 조건이나 상황이 아니라 그것에 대한 당신의 부정적인 생각일 뿐이다. 따라서 거기에 연연하지 말고 가만히 내버려두면 저절로 없어질 것이다.

스트레스는 아무런 힘이 없다. 그러니 당신은 신경 쓸 필요가 전혀 없다. 스트레스를 느낄 때, 주어진 자료를 필요 이상으로 세밀하게 분석하다가 결국은 절망에 빠지는 경우를 나는 허다하게 보아왔다. 그럴 때 사람들은 이런 결론을 내린다.

"어째서 난 늘 마감 시간에 쫓기는 걸까."

"난 이 일을 절대 끝낼 수 없을 거야."

"하필이면 왜 나야?"

이와 같은 생각 하나가 아주 사소한 일을 끔찍한 현실로 바꾸어 놓을 수 있다.

우리 삶에서 스트레스를 없애는 열쇠는 다름 아닌 스트레스를 만들어내는 것이 바로 우리 자신이라는 것을 이해하는 데 있다. 자신의 감정에 대하여 이해하면 스트레스를 얼마든지 물리칠 수 있다. 스트레스는 힘이 약하기 때문에 우리의 작은 깨달음만으로도 능히 물리칠 수 있는 것이다.

우리에게는 여러 가지 선택이 놓여 있다. 사실, 우리는 어떤 상황에서나 '선택의 기로'에 놓여 있다. 스트레스를 유발하는 생각을 떨쳐버리기 위해 집착하면 할수록 자연스런 마음 상태로 돌아가기는 그만큼 어려워진다.

결국 누구든 자기 마음을 이해하면 할수록 부정적인 생각이 우리를 위기에 빠뜨리는 상황을 방지할 수 있다.

"좋은 감정에서 비켜나 있다고 생각하는 사람이 있다면 그건 바로 다른 사람이 아닌 당신이다."라는 실라 크리스털의 말을 상기하자.

41

스트레스를 환경 탓으로
돌리지 마라

나는 계속된 실패로 여섯 번이나 파산을 했다.
하지만 나에게는 꿈이 있었고, 누구도 이루지 못할 것이라 생각했던
바로 그 일을 해내면서 기쁨을 느꼈다.
−월트 디즈니−

 스트레스가 어디에서 비롯되었는지 이해하지 못하는 사람은 이른바 환경을 변화시킬 방법을 찾거나 거기에 적응할 방법을 모색한다.

스트레스를 유발하는 대상이 일이든, 사회이든, 아니면 인간관계이든, 경제적인 문제이든, 정치적인 환경이든, 그 무엇이든지 그것이 발전하는 양상은 비슷하다. 왜냐하면 이 모두가 외부의 어떤 동기 때문에 스트레스가 발생한다는 잘못된 판단을 근거로 하고 있기 때문이다.

어떤 경우든 우리는 끝없이 싸움을 해야 한다. 가령 환경을 바꿀 수 없으면, 우리는 그것을 불행의 원인이라고 변명한다. 그 반대로 환경이 바뀌더라도, 스트레스가 없는 행복한 삶을 살기 위해서는 환경이 바뀌지 않으면 다른 방도가 없다는 잘못된 믿음을 갖기도 한다. 이러한 믿음은

바람직하지 않다. 왜냐하면 그 믿음은 환경을 투쟁의 대상으로 삼고 있기 때문이다. 즉 끝없는 스트레스의 올가미에 갇혀 다시 환경을 바꾸어야 한다고 생각할 것이기 때문이다.

가령 당신이 바쁠 때면 꼭 스트레스를 받는다는 믿음을 가지고 있다고 가정해 보자. 일정을 당신이 원하는 대로 조정할 수 없다면, 불행히도 당신은 영원히 스트레스를 받으며 살아야 한다.

행여 일정을 바꿀 수 있다 하더라도, 당신은 문제를 해결한 것이 아니라 오히려 더 복잡하게 만들었을 뿐이다. 왜냐하면 그렇게 함으로써 '살면서 스트레스를 받지 않으려면 일정을 바꿔야 한다' 는 잘못된 가정을 보다 확고하게 믿게 되기 때문이다. 다시 스트레스를 받을 때마다 스트레스를 줄이기 위해 지난번처럼 환경을 바꿔야 한다면 얼마나 피곤하고 힘들겠는가.

실제로 존재하지 않는 대상을 효과적으로 다룬다는 것은 불가능하다. 스트레스는 당신의 생각에서 존재할 뿐, 실제로는 존재하지 않는다.

당신의 삶에서 스트레스를 없애려면, 우선 스트레스는 원래부터 거기 있었던 것이 아니라 특정 상황에 대한 당신의 인식에서 나온 것이라는 사실부터 인정하라. 당신의 삶에서 일어나는 사건과 스트레스를 받는 것과는 아무런 상관이 없다. 즉, 그 둘 사이에는 아무런 인과관계가 없다는 뜻이다.

여유가 없어서 스트레스를 받는 사람을 자세히 관찰해 보면, 일정과 스트레스를 받는 것 사이에 반드시 무슨 상관관계가 있는 것은 아니라는 사실을 알 수 있을 것이다. 문제는 일정 자체가 아니라, 일정에 시달리는 사람의 생각이다.

스트레스 같은 것은 없으며, 다만 스트레스를 받는다는 생각만이 존재한다는 믿음을 갖는 순간, 당신은 인생의 주연으로 설 수 있다.

스트레스를 자신이 제어할 수 있는 그 무엇이라고 생각하면, 주변 환경과는 무관하게 당신은 당신이 원하는 긍정적인 감정을 얼마든지 유지할 수 있다.

Part
3

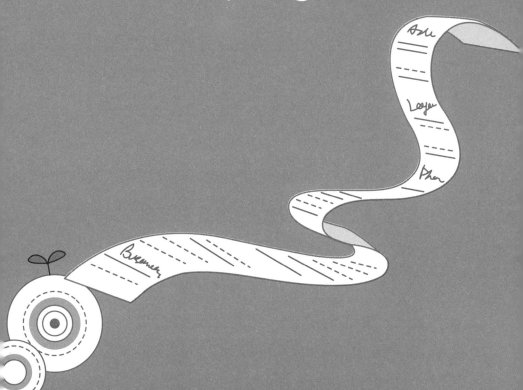

감정의 원리

해묵은 감정을 털고 평상심으로 돌아가자

행복의 느낌을 경험하고 있을 때, 당신은 될 수 있는 한 행복을 의식하지 말아야 한다. 그것을 의식하는 순간 행복은 떠나버린다. 자기 마음속에 오래 전부터 자리 잡고 있는 평상심을 인정할 때 행복은 오랜 시간 동안 당신과 함께 있을 것이다. 행복이 찾아오면 그것을 분석하려 하지 말고 그냥 그 느낌을 즐겨라.

42

신선한 아이디어는 편안한
감정에서 나온다

아이디어 하나로 당신도 성공할 수 있다.
상상력은 지식보다 더 중요하다.
−아인슈타인−

우리는 당연히 우리가 좋아하는 것을 즐긴다. 그러면서 환희와 희열을 느낀다. 유희본능이라는 것과는 별개로 우리는 마음을 유쾌하고 편안하게 해 주는 것들을 의식적으로 지향한다.

조금 의아스러운 사실이겠지만, 이러한 감정에는 합리적인 이유가 없다. 즐거움과 유쾌함을 느끼는 감정은 지극히 자연스럽게 발생한다. 긍정적인 마음을 가지면 감정의 자연스러운 상태에서 나오는 만족, 사랑, 감사하는 마음과 같은 인간의 따뜻한 정감을 더욱 깊고 넓게 경험할 수 있다.

그리고 이 상태에서 우리는 비로소 삶을 명료하게 바라볼 수 있는 시각을 갖출 수 있다. 뿐만 아니라 여유 있는 태도와 집중력을 가질 수도 있다. 다시 말해, 그만큼 마음이 맑아진다는 것이다.

이러한 마음 상태에서는 어떤 일이든지 -불유쾌한 일까지 포함해서 할 수 있다. 왜냐하면 우리의 마음은 과거나 미래와 관련된 불순한 기억이나 짐작으로 흐려지지 않기 때문이다. 그런 마음의 상태에서는 우리 앞에 무슨 일이 놓여 있든, 어떤 상태이든 최상의 방법으로 대처할 수 있다.

또한, 이러한 마음 상태에서는 새롭고 창조적인 생각이 싹틀 뿐만 아니라, 문제 해결도 쉽게 느껴진다. 즉, 자신감이 생기는 것이다. 그것은 우리가 알고 있는 것보다 훨씬 놀라운 능력이다. 우리는 모두 이러한 마음의 상태에 다가갈 수 있으며, 그렇게 되면 군이 문제를 해결하려고 고민할 필요도 없다. 그러한 상태에서는 모든 것이 그냥 자연스럽게 흘러가기 때문이다.

좋아하는 것을 즐기는 것은 그 자체도 기쁨이지만, 또한 미래의 행복을 보장하는 것이기도 하다. 왜냐하면 현재를 즐겁고 유쾌하게 보낸다면 미래의 어느 한 순간, 이미 과거가 되어버린 '현대'에 대하여 후회할 이유가 없을 것이기 때문이다.

우리의 감정은 매우 다행스럽게도 언제나 즐거운 쪽을 향해 있다. 마치 해바라기가 언제나 태양을 향하는 것처럼 말이다. 따라서 우리의 경험이 나쁜 쪽으로 치달을 때면, 감정은 그것을 제어하고 경고하기 위해 일종의 빨간 깃발을 내건다. 그것이 바로 신경질이나 짜증, 노여움 같은 것들이다.

그러한 감정 상태는 과열된 자동차 엔진과도 같다. 자동차의 엔진이 과열됐을 때 엔진을 끄고 자동차를 세워야 하는 것처럼, 우리의 감정이 평상심을 잃고 과열됐을 때는 머리를 비우고 하던 생각을 멈춰야 한다.

그러면 다시 긍정적인 감정으로 돌아갈 수 있다. 언급했듯이 인간의 감정은 언제나 긍정적이고 평온한 마음 상태를 지향하기 때문이다. 하지만 사람들은 이 단순하고 명백한 사실을 너무나도 쉽게 망각해버리는 경향이 있다.

잠시 동안이라도 뒤틀리고 습관적인 틀에서 흘러나오는 생각을 떨쳐버리자. 당신의 감정은 이미 그렇게 구성되어 있다. 당신은 최소한의 노력만 하면 된다.

훌륭한 해결책이나 새로운 발상은 삶을 쉽게 바라보는 긍정적인 감정 상태에서만 나온다. 부정적인 감정은 품고 있을 만한 가치가 전혀 없다는 점을 늘 염두에 두기 바란다. 부정적인 감정의 유일한 가치는 현재 우리가 삶을 왜곡된 방향으로 바라보고 있다는 것을 가르쳐 준다는 것뿐이다.

부정적인 감정과 긍정적인 감정은 모두 자가발전 장치와 증폭장치를 가지고 있다. 그것들은 끊임없이 자신들과 유사한 감정의 사생아들을 탄생시킨다. 한번 부정적인 생각을 하게 되면 꼬리에 꼬리를 물고 그러한 생각들이 떠오르는 것이다.

만약 침울한 기분이 갖는 가치가 있다면, 당신이 지금 잘못된 방향으로 치닫고 있으며 그 상태에서 결코 당신 자신을 믿거나 당신 자신의 목소리에 귀 기울여서는 안 된다는 사실을 일깨워준다는 점일 것이다.

싫어하는 것에 대해 이야기하지 말고 좋아하는 것을 화제로 삼아라. 미워하고 싫어하는 감정을 가능한 한 무시하고 업신여길 때 행복은 그만큼 우리 곁에 가까이 다가올 것이다. 행복에 대한 이기주의는 언제나 무죄이다. 그 누구도 그것에 불온한 혐의를 씌울 수는 없다.

43

감정에 압도되지 마라

감정에 이끌려서 여러 가지 얼굴 표정을 짓는 것은 천박한 일이다.
그리고 뜻대로 자기 자신을 통제하고 이끌지 못한다는 것은
실로 부끄러운 일이다.
– 아우렐리우스 –

감정을 하나의 대상으로 인정할 때 당신은 마땅히
감정의 주인이자 감정을 주관하는 사람이 될 수 있
다. 하지만 그렇지 못한 경우를 우리는 심심찮게 목
격한다.

감정의 주인이 아닌 감정의 노예가 되어 사소한 것에 웃고 우는 사람
들의 예를 드는 것은 그다지 어렵지 않다.

어떤 부정적인 감정이 사람들의 이성적인 생각을 침해하기 시작할 때
사람들은 대개 그 감정을 과대평가하고 더럭 겁을 먹는다. 그리고 곧이
어 체념하고 결국 그 감정이 이끄는 대로 생각한다. 하지만 이것은 아무
런 해결책도 아니고 지혜로운 대안도 못 된다.

우선 부정적인 감정이 자신의 생각을 침해할 때 겁을 먹거나 두려워해

서는 결코 안 된다. 부정적인 감정은 바람 부는 하늘에 떠도는 구름 같은 것에 불과하다. 따라서 모르는 척 내버려두면 언제 왔는지도 모르게 사라져버린다. 그것이 부정적인 감정의 속성이다.

당신은 자신의 감정과 상대할 때 언제나 유리하고 우위에 있다는 사실을 깨달아야 한다. 그것을 깨닫기만 하면 당신은 자기 의도대로 감정을 다스릴 수 있다. 당신이 원하는 만큼 행복을 느낄 수도 있다. 심지어 극히 비참하고 괴로운 상황 속에서도 행복을 느낄 수 있다.

사실 행복은 우리 경험의 종류와는 상관없이 느낄 수 있는 것이다. 사랑하는 사람을 잃고 슬퍼하는 와중에도 행복을 느낄 수 있다. 물론 여전히 고통스럽긴 하겠지만, 조금만 생각을 바꾸고 자기 곁을 떠난 사람을 알 수 있었던 것만으로도 행운이었다는 순수한 감사의 마음을 가지면 가능하다.

나는 실제로 이런 아름다운 경험을 한 적이 있다. 나의 가장 친한 친구 가운데 한 명이 내 결혼식에 참석하러 오다가 음주 운전자의 차에 치어 죽고 말았다.

나는 죽은 그 친구에 대해 슬픈 생각을 하기보다는, 마음을 비우고 그처럼 훌륭한 친구를 알았다는 사실에 대해 감사하는 마음을 가질 수 있었다. 나 자신이나 친구 가족에게 안됐다는 느낌을 갖는 대신, 친구와 함께 했던 아름다운 기억들을 한꺼번에 떠올리기 시작했다. 덕분에 나는 슬픈 감정에 압도되지 않았다.

당신도 이러한 방법들을 구체적으로 실천해 보라. 그러면 당신이 아주 어렸을 때 느꼈던 자연스러운 인간의 감정들을 계속해서 느낄 수 있을 것이다.

쉽게 변화하는 감정은 당신의 삶을 고정시킬 뿐이다. 그런 감정들은 활기차고 의미 있는 삶을 방해하는 요소이다.

감정에 지배당하지 말고 감정의 주인이 되어라. 그런 상태에서는 자신의 내부에서 일어나는 일을 이해하면서 스스로를 위하는 마음이 생기게 된다.

44

몸의 주인이 당신인 것처럼
감정의 주인도 당신이다

원하는 것을 얻고 싶거든 우선 당신이 그것을 가질 자격이 있다고 믿어라.
그러면 당신의 요구대로 이루어지는 일이 더욱 많아질 것이다.
−앤드류 매튜스−

직설적인 어법이 허락된다면 나는 이렇게 말하고
싶다.

"기분이 나쁜 상태에서 하는 모든 판단이나 생각 중
에는 옳은 것이 하나도 없다."

당신은 쉽게 납득하지 못할 수도 있다. 하지만 당신은 이 말을 반드시
이해해야만 한다.

기분이 좋지 않은 상태에서는 자신이 왜 그런 감정에 처해 있는지 아
무리 생각하고 분석해도 정확한 답을 구할 수가 없다. 기력이 좋지 않은
상태에서 우리의 생각은 우리의 의지와는 달리 언제나 왜곡되기 쉽다.
감정은 생각의 직접적인 결과물이기 때문에 감정 역시 생각이라는 것에
종속되어 있다.

불쾌한 감정은 우리의 정상적인 생각이나 신념 체계, 예를 들면 습관, 성향, 신념, 의지와 같은 것들에 어떤 문제가 발생했는지를 정확하게 알려주는 일종의 바로미터이다. 말하자면, 그것은 몸에 이상이 있을 때 어김없이 나타나는 통증과도 같은 것이다.

하지만 보통 사람들은 이러한 감정상의 이상 조짐에 대해 매우 둔감하다. 그대로 방치하거나 그런 이상 조짐을 아무런 거부감 없이 받아들이기도 한다. 이것은 매우 어리석은 행동이다.

만약 당신 몸에 어떤 병이 있어 참을 수 없는 통증이 왔다고 가정해 보자. 그때도 당신은 그것을 그대로 방치하고 거부감 없이 받아들일 것인가? 물론 그렇지 않을 것이다. 당신은 당신 나름대로 그 치유책이나 해결책을 적극적으로 모색할 것이다. 그리고 다시는 똑같은 고통을 당하지 않기 위해 적당한 운동이나 식이요법 등의 예방책까지도 완벽하게 마련할 것이다.

감정의 문제에도 당신은 몸에서 문제가 일어났을 때와 똑같이 합리적이고 민첩한 방법을 모색하고 실천해야 한다. 그러면 당신이 원하는 평안한 상태를 되찾을 수 있다.

몸의 주관자가 당신인 것처럼 감정의 주관자도 다른 사람이 아닌 바로 당신이다. 감정의 주인인 당신은 그 감정을 언제나 평안하게 돌볼 의무가 있다. 그 의무를 다하기 위한 첫 번째 방법은 바로 그 의무의 실체를 인식하는 것이다.

45

화나는 일들은 일단 무시하라

문제는 목적지에 얼마나 빨리 가느냐가 아니라,
그 목적지가 어디냐는 것이다.
–메이벨 뉴컴버–

 대체로 사람들이 가장 관심을 기울이는 것은 다음
과 같은 아주 현실적인 문제일 것이다.

"화가 나고 침울해지거나 근심에 사로잡힐 때는 어
떻게 할 것인가?"

해결책은 간단하다. 부정적인 감정은 부정적인 감정에서 생긴다. 이
명백한 사실을 이해한다면, 당신은 위와 같은 의문을 다시는 갖지 않아
도 된다. 부정적인 감정은 가만히 내버려두기만 하면 금방 사라져 버린
다. 부정적인 감정은 우리의 생각에 의해 만들어진 것이기 때문이다. 그
러한 부정적인 감정들을 붙잡고 분석해봐야 부정적인 경험을 확장하고
심화시킬 뿐이다.

반면에 지혜와 상식은 긍정적인 감정 상태, 다시 말해 평화롭고 여유

로운 마음에서 나온다. 기분이 좋은 상태에서는 어떤 문제가 닥쳐도 훨씬 효과적으로 대처할 수 있다.

긍정적인 감정 상태가 어디에서 오는지를 이해하고 부정적인 감정을 행복에 이르는 것과 전혀 무관한 것으로 본다면, 당신은 자연스럽게 긍정적인 감정에 다가갈 수 있다. 아울러 부정적인 감정들의 간섭으로부터 점점 자유로워질 수 있다. 그렇게 되면 당신은 부정적인 감정이 예전보다 덜 혹독하게 느껴질 뿐만 아니라, 그 여파도 이전만큼 오래 지속되지 않는다는 사실을 알게 될 것이다. 당신은 비로소 오랫동안 당신을 괴롭히던 부정적인 감정 상태에서 해방될 수 있다.

일단 긍정적인 감정에 대해 이해하고 나면, 행복을 분석하려 하거나 행복에 이르는 길을 따로 떼어놓고 생각할 필요가 없다. 행복은 예전에도 그랬던 것처럼 지금도 이미 당신 곁에 와 있으니까 말이다. 지금까지 행복은 당신의 부정적인 감정의 이면에 감추어져 있었을 뿐이다.

당신을 괴롭히거나 화나게 하는 일들을 무시하라. 대신, 당신의 긍정적인 감정과 부정적인 감정이 어디에서 나오는지를 이해하라는 말이다. 당신의 감정이 어디에서 비롯되는지를 이해하면, 당신의 감정을 당신 삶의 방향을 알려 주는 등대로 유용하게 활용할 수 있다.

지금까지 삶에 대한 우리의 경험이 유쾌하지 못했던 이유는, 우리의 생각을 통해 우리 스스로를 불행이라는 테두리 안에 가두었기 때문이다. 우리는 이제 그것을 안다.

이제 우리는 근심을 떨쳐버리기 위해, 습관적인 생각을 중지하기 위해, 행복이라는 본래의 자연스러운 상태로 돌아가기 위해 정신적인 변화를 꾀하려는 우리의 선택을 인정하고 소중하게 여겨야 한다.

46

마음을 비우고 삶을 단순하게
바라보라

어린아이의 뛰노는 모습을 유심히 살펴보라.
그곳에 바로 신의 세계가 있음을 알게 될 것이다.
— 브하그완 —

기분 좋은 감정을 가지기 위해 마술 같은 비법이나
원칙 같은 것은 필요 없다. 그러면 당신은 이렇게 물을
지 모른다.

"그럼 어떻게 하란 말야?"

그 물음에 대한 나의 대답은, 습관적이고 고답적인 사고 체계 안에 갇
혀 있지 않으면 된다는 것이다. 늘 같은 생각, 같은 발상은 스트레스와 고
통을 안겨 준다.

반복적이고 만성적인 스트레스와 고통에서 벗어나기 위한 길은 습관
적인 생각의 틀을 깨거나 아무 생각도 하지 않는 것이다.

기분 좋은 감정은 우리 마음속에 아무것도 존재하지 않을 때 경험한
다. 다시 말하면, 뚜렷한 이유 없이 존재하는 긍정적인 감정 상태가 곧 평

온이다. 그것을 동양에서는 '평상심' 혹은 '항심'이라는 말로 표현한다.

어린아이들은 이러한 마음 상태를 자주 경험한다. 부정적인 생각을 덜 하고 삶을 단순하게 바라보기 때문이다. 어린아이들은 부정적인 측면이나 절망을 경험하더라도, 빨리 거기서 벗어나 행복이라는 자연스러운 상태로 돌아갈 수 있는 능력을 가지고 있다.

우리는 모두 어린 시절 이후로도 기분 좋은 감정을 수없이 경험해 왔다. 벽난로 앞에 앉아 있으면서, 산책을 하면서, 혹은 아름다운 일몰을 바라보면서 그런 느낌을 가졌을 것이다. 이처럼 기분 좋은 감정은 특별한 이유 없이 사소한 경험을 통해 나타난다.

그러나 유의해야 할 점은, 위의 벽난로 등과 같은 특정한 사물이나 경험들이 당신의 기분을 좋게 해준 것은 아니라는 것이다. 정말로 당신을 평온하게 한 것은 벽난로나 일몰 같은 것이 아닌, 잠시 동안이나마 긴장을 늦추고 당신의 마음에서 근심을 걷어내고자 한 당신의 무의식적인 의지였다.

마음을 비우기 위해 벽난로나 일몰과 같은 특별한 소품이 필요하다고 생각한다면, 당신은 그러한 것들이 마련된 특정한 상황에서만 평온과 만족을 느낄 수 있다. 그러나 긍정적인 감정을 만든 것은 벽난로나 일몰이 아니라 바로 당신 자신의 마음이라는 사실을 이해하고 나면, 당신은 언제라도 마음을 비울 수 있다. 약속하건대, 연습을 하면 할수록 마음을 비우기가 훨씬 쉬워질 것이다.

우리의 마음이 편안한 상태에서 벗어나 다시 우리의 습관적인 생각 속에 매몰되는 순간, 다시 말해 걱정을 떠올리는 순간 우리는 불행해지고, 삶을 극복해야 할 문제의 연속으로 바라보게 된다.

앞에서 말한 것처럼 당신의 감정은 경험하고 있는 삶이 자신의 생각이나 느낌의 자연스러운 상태에서 벗어나 있는 것은 아닌지 알려주는 지표이다. 우울함이나 분노, 절망감을 느낀다면 이는 삶을 있는 그대로 경험하고 있지 않다는 표시이다.

지금 무슨 생각을 하고 있든지 과감히 떨쳐버리고, 머릿속을 깨끗이 비울 수 있도록 마음 상태를 조절해 보라. 아이들처럼 있는 그대로 내버려 두어라. 그러면 당신은 당신의 또 다른 능력에 대한 놀라운 경험을 할 것이다.

말을 하기 전에 긍정적인
감정을 끄집어내라

대화는 항상 겸손하고 부드럽게 하라. 그리고 부탁하건대 말수를 적게 하라.
그러나 말을 할 때는 항상 요령 있게 하라.
– W. 존슨 –

일 때문에, 혹은 다른 여러 이유로 자주 부딪치는 상
대와 당신은 어떤 관계를 유지하고 있는가? 그 관계
가 원만하지 못하다면 그 이유가 무엇이라고 생각하
는가?

우리가 상대에 대해 긍정적인 감정을 가질 수 없다면, 그와 무슨 일을
하든지 좋은 결과를 기대할 수는 없을 것이다. 그럴 경우 불안감이 가중
되면서 혐오스러운 행동을 하고, 감정도 삐뚤어질 것이다. 관계가 악화
될수록 우리들은 상대방의 부정적인 행동을 가슴에 오랫동안 담아두는
실수를 범한다.

하지만 느긋함과 상식, 다른 사람들에 대해 긍정적인 감정을 유지함
으로써 얻을 효과를 깨닫기 시작하면, 피해 의식과 그 때문에 야기되는

고통은 훨씬 줄어들 것이다. 또한 상대방도 내가 자신에게 좋은 감정을 품고 있다는 것을 느끼고 안심할 수도 있다.

'중요한 것은 말의 내용이 아니라 그 말을 전달하는 방식이다' 라는 말이 있다. 여기서 말을 전달하는 방식이란 당신이 내뱉는 말 이면에 있는 감정을 의미한다.

긍정적인 대화를 원한다면 말을 하기 전에 당신 내부에 있는 긍정적인 감정을 먼저 끄집어내라. 자신이 화를 내는 것이 당연하다고 느끼거나 그럴 만한 충분한 이유가 있다 하더라도, 조금 더 좋은 느낌이 모습을 드러낼 때까지 기다려라.

그렇다고 해서 인위적으로 유쾌한 화젯거리가 떠오를 때까지 기다려야 한다는 의미는 아니다. 다만, 긍정적인 감정이 생길 때까지 참으라는 얘기다.

긍정적인 감정이 모습을 드러내면, 우리가 하는 말 역시 그 감정의 부드러운 조율을 받을 수 있다. 말을 하기 전에 긍정적인 감정이 생겨나기를 기다린다면, 당신이 여러 사람과 맺는 관계는 몰라보게 좋아질 것이다.

부드러운 감정을 느끼는 것이 도저히 불가능해 보이는 극단적인 상황에 처할 경우에도 당신 내부에 있는 감정이 결국은 자신을 난처하고 위험하게 만든다는 사실을 상기하라.

이러한 자세는 서로 갈등과 반목을 잠재우고 존경할 수 있는 마음과 이해의 바탕을 형성해 준다. 그렇게 되면, 당신과 당신의 상대는 좀 더 넓은 시야와 안정적인 전망을 가지고 상황을 바라볼 수 있다.

긍정적인 성격을 거부하고 마다하는 상대는 없다는 사실을 다시 한 번 명심하라. 당신은 상대로부터 사랑과 존경을 더 받게 될 것이다.

우리는 자신의 정신 상태 -특히 기분이 좋지 않을 때-를 이해해 주는 사람을 존경하며, 다른 사람들은 다 이성을 잃는 상황에서도 침착함을 유지할 수 있는 사람을 높이 평가한다.

당신은 걸핏하면 흥분하고 허둥대는 사람과 어떤 어려운 상황에서도 냉정함을 유지하면서 잘 대처해 나갈 수 있는 사람 가운데 누구와 가까이 지내고 싶겠는가?

48

부정적인 감정을 경고 신호로
활용하라

성공을 거두기 위하여 필요한 것은 계산된 모험이다.
−디오도어 루빈−

자신에게 전혀 이롭지 않은 습관에서 벗어나고자
한다면 우선 결단력과 자기에 대한 이해가 필요하다.
결단력이 정상적인 생각을 가능하게 하는 토대라면,
자기 이해는 당신의 목표를 상기시키는 내적인 구속력이다.

자기 생각을 객관적으로 바라보는 능력이 생기면, 골치 아프게 여겨
지던 습관도 그다지 심각하거나 위협적으로 생각되지 않는다.

부정적인 감정은 일종의 경고 신호 같은 것이다. 부정적인 감정은 당
신의 생각이 지금 정상적인 궤도를 벗어나 역기능을 하고 있으며, 곧 불
행이나 파괴적인 습관을 향해 치달을 수도 있다는 경고인 셈이다.

나쁜 습관이나 감정을 일시적인 부정적 생각 때문에 생기는 것으로 치
부해 버릴 수 있는 지혜를 가져야 한다. 생각한다는 것은 신이 내린 선물

이자 지닌 놀라운 능력이지만, 그것을 당신이 너무 의식하거나 심각하게 대한다면 당신은 생각 때문에 많은 괴로움을 당할 것이다.

습관도 생각과 크게 다르지 않다. 즉, 습관이 당신에게 나쁜 영향을 미치지 못하게 하려면, 습관을 굳이 현실로 받아들일 필요가 없다. 당신은 자신의 생각에 겁을 집어먹을 필요가 전혀 없는 것이다.

한 가지 질문을 해 보자. 당신은 자신의 생각을 삶에 의미를 부여하는 좋은 능력으로 보는가, 아니면 공포의 대상이나 즉각적으로 반응해야 하는 '문제 덩어리'로 보는가? 이 질문에 대한 답이 좋지 않은 습관을 고치는 당신의 능력을 결정할 것이다. 습관에 대해 올바른 입장이나 견해를 가지면 가질수록, 그것에서 벗어나기가 그만큼 쉬워질 것이다.

이와 같은 원리를 완전히 이해하고 나면, 평정 혹은 만족이라는 가장 자연스러운 마음의 상태를 방해하고 위협하는 심리적인 장벽 -미움, 질투, 시기 등-을 당신은 어렵지 않게 제거할 수 있다. 행복이라는 감정도 이러한 심리적인 장벽이 제거되었을 때 비로소 오는 것이다.

행복의 느낌을 경험하고 있을 때 당신은 될 수 있는 한 행복을 의식하지 말아야 한다. 그것을 의식하는 순간 행복은 떠나 버린다. 자기 마음속에 오래 전부터 자리 잡고 있는 평상심을 인정할 때, 행복은 오랜 시간 동안 당신과 함께 있을 것이다. 그 상태라면 행복의 느낌을 일시적으로 잃어버렸다 해도 그 감정을 곧 되찾을 수 있다.

행복이 찾아오면 행복을 분석하려 하지 말고 단지 그 느낌을 즐겨라. 어떤 감정을 창출해내는 데에는, 아무리 하찮더라도 사람의 자각적인 노력이 필요하다. 하지만 행복은 그런 노력을 필요로 하지 않는다. 행복을 위해 애쓰는 것보다 불행을 내버려두는 것이 훨씬 더 힘든 것이다.

49

행복은 늘 가까운 곳에 있다

우리는 이미 가지고 있는 것에 대하여는 좀처럼 생각하지 않고
언제나 없는 것만을 생각한다.
－쇼펜하우어－

 "행복은 내면으로부터 온다."는 말은 진부한 표현
이긴 하지만 불변의 진리이다. 행복은 사람들이 필요
로 하는 길이요, 삶의 모든 문제에 대한 유일한 해답이
다. 자신의 정신 과정을 이해할 때, 당신은 삶의 아름다움을 자연스럽게
보고 느끼게 될 것이다.

급박하고 혼란스러워 보이던 일들도 기분이 좋은 상태에서는 중요하
지 않게 느껴진다. 아울러 오랫동안 당연하게 생각했던 삶의 단순한 아
름다움, 이를테면 이웃에서 뛰놀고 있는 아이들, 부드러운 봄바람, 타인
을 돕는 사람들을 새로운 눈으로 바라볼 수 있다.

행복이 당신의 목표라면, 그리고 그 목표를 합리적으로 이해하고 있
다면 당신은 주변의 환경이나 조건에 상관없이 행복을 경험할 수 있을 것

이다. 행복과 거리가 먼 생각을 하기 위해 굳이 애쓸 필요는 없지 않은가.

행복은 지금 여기, 당신의 옆에 있다. 당신의 삶은 훗날을 위한 희생물이 아니다. 다시 말해, 바로 여기, 바로 지금이 중요하다. 우리가 모두 추구해 온 행복의 보이지 않는 특성은 지금 이 순간 당신이 느끼는 감정 속에 숨어 있다.

행복의 근원을 우리 외부에서 찾으면 행복은 결코 찾을 수 없다. 행복을 느끼는 데 일정한 조건이나 환경이 필요하다고 생각하는 사람은 절대 행복을 경험할 수 없다.

우리는 대부분 누구나 행복을 경험하지만, 그 본질을 제대로 이해하지 못하기 때문에 행복이 금방 우리 곁을 스쳐 지나가도록 내버려둘 수밖에 없다. 우리는 행복의 느낌을 있는 그대로 인정하지 못한다. 그리고 행복이 제자리를 찾지 못한 채 정처 없이 배회하거나 말거나 도무지 관심이 없다. 왜냐하면 우리는 행복을 아주 특수한 것이라고 생각하고 외부 환경에서 찾기 때문이다.

행복에 조건을 붙이면 당신이 바라는 진정한 행복을 경험할 수 없다. 행복에 특정한 조건을 붙일 경우, 그 조건이 충족된 후에도 또다시 똑같은 과정을 반복하고, 늘 행복을 기다리다가 불행해질 것이다.

결혼을 하면 행복해질 거라고 믿는 여성은 그게 이루어지면 또 다른 조건을 만들어낸다. 어쩌면 임신이나 집을 장만하는 것, 또는 남편의 승진이 새로운 조건이 될 수가 있다.

이러한 경향이 계속 반복되다 보면 당신은 머리를 갸웃거릴 것이다.

'나는 왜 아직도 행복하지 못할까?'

진정한 행복의 감정을 느끼는 순간, 당신은 이 감정이야말로 당신이 오랫동안 찾고 있던 감정이라는 것을 깨달을 것이다. 행복의 감정은 목적에 이르는 수단이 아니라 목적 그 자체이다.

가령 예비 신부가 행복은 무엇보다도 자기 내부에서 나온다는 사실을 이해한다면, 소유욕이나 결핍에 대한 보상이 아니라 지혜를 발휘해서 결혼 여부를 결정할 것이다. 결혼 전의 신부가 이미 행복이 무엇인지 알고 있다면 결혼 생활도 물론 더없이 행복할 것이다.

그 여인이 아이를 낳기로 결심한다면, 그 아이는 누군가의 행복이 되어야 한다는 부담에서 벗어나 자유로운, 그야말로 행복한 환경에서 성장하게 될 것이다.

이는 모든 사람의 삶에서도 마찬가지다. 행복은 누구에게 강요하거나 권유하거나 기대하는 것이 아니다. 행복할 권리나 의무는 오직 자기 자신에게만 있는 것이다.

50

기분이 나쁠 때일수록
품위를 지켜라

냉정한 인간에게도 예외는 없다. 어떤 기분도 시간이라는 과정을
거치게 되면 변할 수밖에 없다.
- 토마스 만 -

 세상에서 가장 행복한 사람조차도 언제나 항상
행복한 것은 아니다. 누가 보기에도 행복해 보이는 사
람들 역시 나름대로 문제를 안고 있으며, 자신의 인생
에 대해 실망하기도 하고, 비탄에 빠지기도 한다.

행복한 사람과 불행한 사람 사이의 차이는 기분이 나빠지는 횟수와 정
도에 있다기보다는 기분이 나쁠 때 어떻게 하느냐에 달려 있다. 다시 말
해, 그 차이는 변화하는 감정에 어떻게 대응하는가에 달려 있는 것이다.

대다수의 사람들은 기분과는 반대로 행동한다. 기분이 좋지 않을 때는
보통 소매를 걷어붙이고 일을 한다. 그리고 기분이 나쁜 상태를 무척 심
각하게 받아들이며, 무엇이 잘못인지 밝혀 내고 분석하려 든다. 사람들
은 우울한 기분에서 벗어나려고 애를 쓰지만, 문제를 해결하기보다는 더

욱 복잡한 것으로 만들기 일쑤다. 반면에 평화롭고 느긋한 사람들을 관찰해 보면, 기분이 좋을 때는 늘 감사해한다는 것을 알 수 있다. 이들은 긍정적인 감정과 부정적인 감정이 항상 마음속을 차례로 오가는 것을 당연하게 여기며, 언젠가는 기분 나쁜 순간이 찾아오리라는 것을 당연하게 여기며, 언젠가는 기분 나쁜 순간이 찾아오리라는 것을 예상하고 있다. 행복한 사람들은 이것을 아무렇지도 않게 자연스런 현상으로 받아들인다. 이들은 감정 변화의 불가피성을 인정한다. 그래서 기분이 저조하거나, 화가 나거나, 스트레스를 받는 경우에도 열린 태도와 지혜로 자신의 감정을 다스린다. 기분이 나쁘다는 이유만으로 자기감정에 맞서 싸우거나 비틀거리는 대신, 이 감정 역시 사라지게 될 거라는 사실을 상기하면서 초연하게 기다린다. 부정적인 감정에 대항하거나, 그것으로 인해 당황하기보다는 차분히 수용함으로써 품위를 지키는 것이다. 이것은 부정적인 감정 상태에서 부드럽고 우아하게 빠져나와 좀 더 긍정적인 마음의 상태로 들어갈 수 있게 해준다.

내가 아는 어떤 행복한 사람도 때로는 기분이 나빠지곤 한다. 그러나 그가 다른 사람과 구별되는 뚜렷한 차이점은 그런 우울한 기분에서도 편안해질 수 있다는 사실이다.

이제 기분이 울적해질 때마다 그것에 맞서려 하기보다는 느긋해지려고 노력해 보자. 그리고 자신이 전전긍긍하지 않고, 우아함을 유지한 채 침착해질 수 있는지 지켜보도록 하라. 부정적인 감정과 싸우려 들지 않고 품위를 지킨다면, 그 기분 나쁜 감정들은 저녁 해가 지듯 틀림없이 사라져 버릴 것이다.

51

카타르시스에 의존하지 마라

인간은 자신이 옳다고 생각하는 진리에 사로잡혀 있다.
일단 진리를 인정한 후에는 거기서 빠져 나오기가 무척 어렵다.
- 까뮈 -

 모든 사람들은 자신이 잘못한 행동이나 숨기고 싶은 것들을 털어놓고 싶어 하는 본능을 가지고 있다. 잘못한 것을 털어놓으면 대개 정서적인 안도감을 느낀다. 이것이 바로 카타르시스이다. 마음 한켠에서 늘 의식하고 있던 것이 사라지고 나면 짧은 동안이지만, 머릿속이 맑아지면서 한결 기분이 좋아진다.

그러나 이것은 마치 벽에다 머리를 박아대는 것과 같은 것이다. 벽에 머리를 박는다면 잠시 모든 언짢은 생각이 사라지겠지만 그것은 아주 소모적이고, 비합리적인 방법이다.

행복과 카타르시스는 근본적으로 다르다. 카타르시스는 언제나 소모적인 희생을 요구한다. 하지만 행복은 그렇지 않다. 행복은 카타르시스

보다 근본적인 것이고 영속적인 것이다. 카타르시스는 언제나 깨달음이나 이해를 요구하지만 행복은 그렇지 않다. 행복은 깨달음보다는 언제나 그대로의 평상심만을 요구한다.

이러한 행복의 본질을 이해한 사람은 타인에 대한 부정적인 생각을 아무렇지 않게 무시해 버린다. 왜냐하면 모든 감정이 그 때의 기분에 따라 달라진다는 것을 알기 때문이다.

또한 행복을 아는 사람은 자기 생각이 타당하다 하더라도 얘기를 다음으로 미룬다. 최선의 해결책은 마음을 비우고 상대를 즐겁게 해주는 것이라고 생각하기 때문이다. 행복해지기를 바라는 사람은 언제나 좋은 감정이 생길 수 있도록 환경을 만든다.

그러나 카타르시스에 의존하는 사람은 가능한 한 빨리 가슴속에서 여러 생각들을 정리하고 싶어 한다. 이런 사람은 상대에 대해 자신을 괴롭히는 귀찮은 존재라고 생각한다. 일단 상대를 제압하는 것이 중요하다고 생각한다.

이런 사람은 자기감정에 솔직한 것만이 중요하다고 생각한다. 현재 자신의 감정이 어떻게 악화되는지는 전혀 생각하지 못한다. 친구에 대해 부정적인 생각을 품고 있으면, 참지 못하고 지금 당장 말해야 한다. 이런 사람은 행복하기보다는 자신의 감정에 정직하기를 원한다. 그리고 이것이 행복이라고 착각한다. 하지만 그것은 아주 잘못된 생각이다. 자신의 감정에 정직하다는 것은 행복의 본질과는 무관하다.

당신은 기분이 좋지 않은 상태에서 자신이 정직하다고 생각하는가, 아니면 행복한 상태에서 정직하다고 생각하는가? 이러한 구분은 매우 중요하다. 왜냐하면 당신의 삶은 당신이 느끼는 행복의 정의에 따라 완전히 달라 보이기 때문이다.

나는 스스로를 정직하다고 생각한다. 정직이란 지극히 상대적인 개념이라는 결론에 이른 사람들 -나까지 포함해서-을 많이 알고 있다. 정직은 행복의 필수적인 조건이기도 하지만 마음을 곧잘 혼돈에 빠뜨리기도 한다는 것을.

이러한 특성을 이해하지 못하면 일을 할 때 정직한 것에 대해 일일이 반응해야 할 것 같은 생각이 들 수도 있다 -이른바 '도덕' 이라는 이름으로-. 이쯤 되면 정직은 행복에 전혀 도움이 안 되는 덕목이다.

당신은 생각하기 전에 그 생각이 정말 옳은 것인지 한 번 더 생각해 볼 수 있는 능력이 있다.

그때까지 기다릴 수 있다면, 당신은 부정적인 생각에서 벗어나서 "거봐, 그렇게 나쁜 사람이 아니잖아. 내가 무슨 생각을 했지?"라고 안도할 수 있다. 뿐만 아니라 당신은 정직함이라는 굴레에서 벗어나 정말 정직을 행복을 위해 사용할 수 있을 것이다.

52

'옳아야 한다' 는 강박관념에서 벗어나라

성공은 결과이지 목적은 아니다.
−G. 플로베르−

아주 당연한 말이지만 당신이 언제나 옳을 수만은 없다. 모든 사람들은, 설사 성인으로 추앙받는 사람이라고 하더라도 누구나 오해와 실수의 기억을 가지고 있다. 아무것도 하지 않는 것이 아닌 이상 오해와 실수는 필연적이다.

우리의 관계에서 가장 중요한 요소는 '옳고 그름' 이 아니라 자신과 상대방 사이에 존재하는 감정이라는 사실을 안다면, '옳음' 에 대한 집착이 얼마나 무의미한 것인지 깨달을 수 있을 것이다.

우리의 신념이나 의지가 삶에 대한 우리의 입장을 정당화하도록 강요한다는 것을 이해하면, 진리라는 것이 상대적이라는 사실 또한 이해할 것이다.

다른 모든 사람들에게도 나와 똑같은 진리가 적용되는 것은 아니다.

그러므로 서로의 의견이나 입장 차이 때문에 다투거나 흥분할 필요가 없다.

행복한 사람들은 옳으냐 그르냐 하는 문제에 초연하다. 여전히 우리는 자신만의 의견이나 기호를 유지할 수 있지만, 이것들은 만고불변의 영원한 진리가 아니라 우리의 제한적인 환경에서 나온 것일 뿐이다.

우리에게는 영원불변한 긍정적인 감정이 일시적인 의견이나 입장보다 훨씬 더 중요하다. 당신이 다른 사람들과의 관계에서 행복을 소중히 여길수록, 이것들로부터 당신을 떼어놓으려고 하는 것들이 당신을 괴롭힐 것이다. 긍정적인 감정을 유지하는 데 가장 큰 방해물은 바로 당신이 언제나 '옳아야 한다'는 강박 관념이다.

어떤 의견을 필요 이상으로 심각하게 고려하면, 그 문제를 해결하지 않고서는 절대 행복해질 수 없다. 당신의 행복에 또 하나의 장애가 발생하는 것이다.

당신이 행복해지기 위해서 필요한 것은 다른 사람들이 당신의 의견을 이해하는 것이 아니라 당신이 다른 사람의 의견을 이해하는 것이다. 이 두 관계는 근본적으로 일방적인 것이 아니라 쌍방적인 것이기 때문에 당신이 손해 볼 염려는 전혀 없다.

중요한 사안에 대해 반대 의견을 가지고 있다 하더라도 우리는 서로 사랑할 수 있다. 다시 말해, 우리의 사고 체계가 삶을 지배할 수는 없다.

우리는 적대적인 관계에 있는 라이벌이나 적을 사랑하는 사람을 종종 만난다. 이런 사람들은 자신의 행복을 자신의 감정에 내맡기지 않는 사람들이다. 이들이야말로 자신이 틀릴 수도 있다는 사실을 유쾌하게 받아들이는 사람들이다.

옳아야 한다는 강박 관념은 자신의 생각과 건강하지 못한 관계를 맺을 때 생긴다. 당신은 자신의 생각은 분명히 현실을 반영하며 따라서 반드시 관철되어야 한다고 믿는가, 아니면 각자의 눈을 통해 보이는 현실은 다를 수밖에 없다는 것을 인정하는가? 이 질문에 어떤 답을 하느냐에 따라 당신의 행복이 결정된다.

무조건 자신은 옳아야 한다는 정신적 압박보다 긍정적인 감정을 우위에 놓는 사람들은, 그렇지 않은 사람들보다 사고방식이 훨씬 합리적이다. 실제로 옳아야 한다는 강박 관념을 버릴수록 진실에 다가설 수 있다.

긍정적인 감정에 서면 다른 입장에 서서 좀 더 열린 마음으로 타인의 말을 들을 수 있으며, 자신의 신념을 좀 더 여유롭고 부드러운 방식으로 표현할 수 있다는 사실을 항상 기억하도록 하라.

53

편견은 긍정적인 감정의
가장 큰 적이다

자기신뢰는 성공의 제일의 비결이다.
―에머슨―

사람들은 누군가에게 긍정적인 감정을 느끼지 못
하면, 그 사람에 대해 부정적인 감정이나 편견을 갖는
다. 하지만 이런 생각이나 기억을 떨쳐버리면 그 사람
에 대한 긍정적인 감정이 금방 되돌아온다.

다른 사람에 대해 부정적인 기분이나 절망을 느끼는 것을 비정상적이
라고 할 수는 없겠지만 그렇다고 자연스러운 일도 아니다.

당신이 사랑하는 사람과 다투면 어떤 일이 일어날지 잠시 생각해 보라.
한참 말다툼을 하고 있는 와중에 당신의 집에 불이 나 가족 모두가 위급한
상황이 되었다. 그 상황에서 사랑하는 사람과의 말다툼은 어떻게 될까?

아마도 더 이상 말다툼을 계속하지 않을 것이다. 말다툼을 완전히 잊
고 가족의 안전을 걱정할 것이다.

많은 부모들은 자녀들에 대해 이와 비슷한 경험을 한다. 예를 들어 아이의 귀가가 늦는다고 생각하며 화를 내다가 다음 순간, 아이가 위험한 사건에 처해 있다는 전화를 받고는 곧 아이가 살아 있다는 사실에 안도한다. 거의 모든 사람들이 이런 경우의 이야기를 듣거나 직접 경험해 본 적이 있을 것이다.

위의 두 가지 예에서, 사람들은 화가 나던 이유를 잊어버린 채 부지불식간에 상대방에 대한 감정의 변화를 겪고 있다.

이러한 변화를 가장 단적으로 드러내 주는 예는 아마도 순탄치 못한 결혼 생활을 영위하던 부부 중 한 사람이 몹쓸 병에 걸렸을 때일 것이다.

그 순간 부부는 상대방에 대한 사랑 외의 감정은 모두 다 부질없는 것으로 생각한다. 서로 다투며 상처를 줬던 세월은 잊고 상대방에 대한 호의와 배려로 두 사람의 관계를 회복한다.

관계가 발전하는 이 놀라운 과정을 이해한 후에는 누구나 마음이 흔들릴 것이다. 우리는 내면의 긍정적인 느낌을 회복함으로써 관계를 향상시킬 것이냐, 바람직하지 못한 사고 습관에 갇힌 채 계속해서 불만족스러운 삶을 살 것이냐 중에서 하나를 선택할 수밖에 없다.

나는 여기서 새삼스레 긍정적인 생각에 대해 설명하거나 억지로 기분 좋은 일을 해야 한다고 강요할 마음은 추호도 없다. 다만, 비극이나 불행을 만드는 것은 다름 아닌 우리 생각이라는 사실을 이야기하고 싶을 뿐이다.

당신에게는 그 기간이 얼마가 됐든 계속해서 당신이 바라는 것을 생각할 권리를 가지고 있다. 그러나 생각이 순간적인 삶에 대한 경험을 결정짓는다는 것을 이해하고 나면, 당신은 좀 더 행복하고 유익한 시간을 갖게 될 것이다.

54

새롭고 신선한 시각으로
사물을 보라

우리는 타인의 고통 속에서 태어나 자신의 고통 속에서 죽어간다.
– 프란시스 톰프슨 –

대다수 사람들은 당면한 문제를 해결하기 위해 꼼꼼히 따져 보는 방법을 사용한다. 이러한 방법은 세세한 부분까지 생각을 요구한다. 이러한 방법에 따르면, 우리는 자신의 문제를 생각하고 이해하고 분석해야만 한다.

그러나 어떠한 문제이든 본질은 우리가 늘 어딘가에 갇혀 있다는 데 있다. 그렇기 때문에 갇혀 있는 우리는 아무리 꼼꼼히 따져 봐도 그 문제가 만들어낸 영역을 벗어날 수 없고 결국 그 해답도 찾을 수 없다.

그러나 새롭고 신선한 시각으로 사물을 바라보면, 즉 우리의 지혜가 자유롭게 활동할 수 있으면 이런 문제를 해결할 수 있다. 모순처럼 들리겠지만, 새로운 답을 얻기 위해서는 그 문제를 그만 생각해야 한다.

우리의 마음에서 근심을 몰아내면, 전혀 생각지도 않았던 곳에서 해결책이 나올 것이다. 사물을 새롭고 신선한 방향에서 바라보는 능력이 갑자기 생기는 것이 아니듯이, 지혜도 어느 날 갑자기 생겨나는 것은 아니다.

생각은 우리가 기울이는 관심과 함께 자라나며, 주어진 상황에 대해 생각하면 할수록 우리가 처한 상황은 그에 비례해서 현실적이고 완강해 보인다. 여기에는 어떠한 문제든 예외가 없다.

예를 들어 보자. 나의 고객인 프레드의 주된 관심은 돈 문제였다. 그는 끊임없는 노력에도 불구하고 자기 가족을 부양할 돈조차 벌지 못하고 있다는 생각으로 괴로워했다. 그는 좋은 해결책을 생각해낸다며 하루 24시간을 걱정으로 지냈다. 그러면서 그는 계속해서 똑같은 사실을 생각했고, 그럴 때마다 절망을 느꼈다.

절망은 생산적인 마음의 상태와는 거리가 멀다. 아마도 절망은 가장 비능률적인 상태일 것이다. 절망한 상태에서는 어떠한 생각도 전혀 도움이 되지 않는다. 왜냐하면 당면한 문제가 우리와 너무 가까이 있어서 해결책을 모색할 수가 없기 때문이다. 돈에 대한 프레드의 집착은 상황을 해결하기는커녕 절망감만 주었을 뿐이다.

생각이 자기한테 유리하게 작용하기보다는 불리하게 작용한다는 사실을 자각하기 시작하면서, 프레드는 한 걸음 뒤로 물러나 마음을 진정시켰다. 마음이 진정되자 그는 자신 안에 있는 긍정적인 감정과 함께 자신의 문제에 대한 해답을 찾을 수 있었다. 돈에 대한 지나친 관심을 거두어들이자, 프레드는 사실 지금까지 자신이 돈 문제를 해결하는 데 꽤 괜찮은 능력을 가지고 있다는 것을 알았다.

결국 해결책은 그가 수년 동안 몰입해 온 취미 속에 있었다. 평화로운 마음으로 시야를 넓히자, 취미를 사업 기회로 돌릴 수 있는 방법이 떠올랐던 것이다. 현재 그는 자기가 필요한 것보다 훨씬 더 많은 돈을 벌고 있다.

당신도 살면서 부딪히는 문제들을 해결하려다 비슷한 과정을 경험한 적이 있을 것이다. 내 친구 중 한 명은 이러한 과정을 '눈덩이 효과' 라고 부른다. 어떤 문제에 대해 생각하면 할수록, 그 문제는 우리 마음속에서 점점 자라난다.

관계의 원리

원만한 관계는 지혜의 샘물이다

상대방에게 따뜻한 감정을 느끼면 서로의 차이에 대해 관대해진다. 설령 다른 점이 많다 해도 지혜의 힘을 빌려 평화롭게 해결한다. 반면, 상대방에게 느끼는 감정이 따뜻하지 못하면 쉴 새 없이 차이점을 들먹이면서 배타적으로 대한다. 뿐만 아니라 자신의 불만스런 감정을 그 사람의 탓으로 돌린다. 우리의 감정을 만들어내는 것은 서로의 차이가 아니라 자신의 생각이다.

55

모든 관계는 자신으로부터
출발한다

내게 친구란 내가 만나는 사람이자,
나를 있는 그대로 봐주는 사람이다.
– 헨리 데이비드 소로 –

 우리는 복잡해 보이는 모든 관계가 다름 아닌 우리
자신으로부터 출발한다는 명백한 사실을 인정해야
한다.

사람들은 기분이 좋을 때 타인을 존중하고, 개방적이고 솔직한 대화
를 나누며, 나아가 사랑이라는 순수한 감정의 문을 활짝 열 수 있다. 우리
의 삶이 만족감으로 충만할 때, 비로소 우리는 다른 사람들을 위한 배려
의 여지를 남겨 두는 것이다.

기분이 좋을 때는 지나치게 비판적이거나 방어적일 필요도 없어진다.
당연한 말이겠지만, 그런 상태에서는 다른 사람들에게서 위협을 느끼지
않기 때문이다.

당신이 일상적으로 만나는 모든 사람들은 나름대로 최선을 다하며 살

아가고 있다. 정신이 이상하지 않고서는 당신의 삶을 파괴하려는 의도를 가지고 아침에 눈을 뜨는 사람은 아무도 없다.

자신의 삶을 잘 꾸려 나가는 동시에 사람들의 삶이 잘 풀려 나가도록 최선을 다하며 사는 사람들은 우리가 알고 있는 것보다 훨씬 많다. 대부분의 사람들, 특히 우리와 가까운 사람들은 우리의 삶을 좀 더 원활하게 해줄 기회가 찾아온다면 두 손 들어 환영할 것이다.

누구나 생각이라는 것을 한다. 그리고 사람들 모두에게는 각기 모두 다른 '기분' 이라는 것이 있다. 생각과 기분이 저마다 독특하기 때문에 다들 각자의 현실 속에서 살아가는 것이다. 이러한 원칙은 세상의 모든 사람들에게 적용된다.

당신을 비롯해 당신의 사랑하는 배우자, 당신의 믿음직한 동료, 당신의 귀여운 자녀도 예외일 수는 없다.

사람들은 모두들 끊임없이 생각하고 있으며, 앞으로 펼쳐질 시간에도 대부분 계속 그럴 것이다. 이는 우리가 원하든 원하지 않든 계속되는, 우리 인간의 힘으로는 어쩔 수 없는 삶의 양식이다. 우리에게 주어진 과제는 이제 명백하다. 그것은 이런 능력을 어떻게 하면 가장 잘 활용할 수 있는가에 대해서 생각하는 것이다.

우리가 다른 사람에 대해 좀 더 많이 알면 알수록, 불행하게도 다른 사람의 생각에 의문을 제기하는 경향은 점점 높아간다. 사람들마다 다른 생각들과 서로 영향을 주고받는 기회가 많으면 많을수록, 그 때문에 투자하는 시간이 많으면 많을수록 갈등의 기회도 그만큼 커지는 것이다.

대다수 사람들에게 가장 가까우면서도 가장 어려운 관계가 부부 사이인 이유는 이 때문이다. 결혼하지 않은 사람들 역시 가장 어려운 관계는 가장 가깝고 친밀한 사람이다.

어떤 면에서 가장 가까운 사람 때문에 가장 많은 고통을 당해야 한다는 것은 모순처럼 보이기도 한다.

그러나 일단 다른 사람과 나는 서로 다른 생각을 가지고 있다는 사실을 깨닫고 나면 정반대의 결과가 생길 것이다. 그렇게 되면 상대방을 특별한 사람으로 여기는 긍정적인 감정을 계속 유지하게 될 것이다. 아마 그쯤 되면 서로의 차이가 즐거움으로 여겨질 것이다. 그러면 비로소 당신은 다른 사람들을 적이 아닌, 저마다 개성이 다른 소중한 존재로 바라보게 될 것이다.

56

'입장 바꿔' 생각하면
상대가 보인다

성공의 비결은 '남에게 대접 받고자 하는 대로 남을 대접하라' 는
이른바 황금률에 있는 것이다.
−존 코맥널−

 누군가와 언쟁을 벌이면서 도저히 그의 의견에 동의할 수 없다는 생각이 들 때, 한 번쯤은 자신이 확고한 만큼이나 상대방 또한 자기 입장에 대해 확고 부동하다는 점을 상기해 보라. 무척 흥미로운 일이 될 것이다.

우리는 대개 항상 한쪽 편만을, 즉 자신의 입장만을 생각한다. 이것은 새로운 것을 배우기 꺼려하는 고집스런 자아의 잘못된 습성이다. 또한 이것은 불필요하게 많은 스트레스를 야기하는 습관이기도 하다.

내가 처음으로 남의 입장이 되어 문제를 살펴보려는 노력을 시도했을 때, 놀랍게도 그것은 나에게 아무런 상처를 주지 않았다. 오히려 반대 의견을 가진 사람과 더 가까워지는 기회를 제공해 주었다.

가령 한 친구가 "자유주의자들(혹은 보수주의자들)이야말로 우리 사

회에서 문제를 일으키는 주범들이야"라고 말한다고 가정해 보자. 이때 반사적으로 자신의 입장(그것이 무엇이든)을 방어하려 들지 말고, 반대 의견으로부터 새로운 것을 배울 수 있는지 곰곰이 따져보도록 하라. 그리고 친구에게 왜 그렇게 생각하는지 물어 보라.

마음속에 나쁜 동기를 숨긴 채, 혹은 자신의 입장을 방어 내지 증명하기 위한 준비 과정으로써가 아니라 다른 관점으로부터 뭔가를 배우려는 생각으로 그렇게 해보라.

친구의 생각이 틀리다는 것을 증명하거나, 그의 시각을 수정하는 것이 뭐가 그리 중요한가. 친구가 자신의 생각이 옳다고 여기고 만족을 느끼도록 그냥 내버려두면 어떤가. 이렇게 한다고 해서 주관도 없는 소심한 사람으로 평가받지는 않는다. 자신의 믿음에 대해 열정이 없다거나, 자신이 옳지 않다는 것을 인정하라는 뜻도 아니다. 단지 다른 관점에서 문제를 살펴보라는 것뿐이다. 그리고 먼저 이해하려고 노력하라는 것이다.

계속해서 자신의 입장을 옹호하고 변명하는 데는 많은 에너지가 소모된다. 반면 다른 누군가가 옳다고 생각하게 내버려두는 일에는 전혀 힘이 들지 않는다. 그것은 서로의 기운을 북돋워 준다. 게다가 다른 입장과 관점을 이해하려는 노력에는 몇 가지 썩 괜찮은 결과들이 뒤따른다.

첫째, 뭔가 새로운 것을 배울 수 있다. 이를 통해 자신의 사고를 넓힐 수 있음은 물론이다.

둘째, 침을 튀겨 가며 자신의 생각을 강요하고, 걸핏하면 말을 가로막을 때보다, 상대방의 말에 귀 기울일 때 그 사람은 당신을 훨씬 높이 평가하고 존중하게 된다.

상대의 말을 가로막는 것은 상대를 더욱 완고하고 방어적으로 만들 뿐이다. 보다 유연한 태도로 다가서면, 상대 역시 그렇게 된다. 물론 당장 변화되지는 않겠지만 언젠가는 그렇게 된다.

먼저 이해하려고 노력하다 보면 자신만이 옳아야 한다는 욕심을 초월해, 자신과 논쟁 중인 사람마저도 진심으로 존중하게 된다. 일종의 무조건적인 사랑을 실천하는 것이다.

'입장 바꿔 생각해 보기' 의 또 다른 이점은, 상대방 역시 당신의 말을 경청하려고 노력할 것이라는 점이다. 물론 그가 당신의 말에 귀기울일 거라는 확실한 보장은 없지만, 이것 한 가지만은 분명하다. 당신이 상대의 말에 귀기울이지 않을 경우, 상대 또한 당신의 말에 주목하지 않을 거라는 사실이다.

당신이 먼저 손을 내밀고 상대의 얘기에 귀기울이면 양측 모두가 완고한 태도를 취하고 서로에게 등 돌리는 사태를 막을 수 있다.

57

같은 시각을 가진 두 사람이란 있을 수 없다

성공은 실패의 가능성과 패배의 위험을 무릅쓰고 얻어야 한다.
위험이 없으면 성취의 보람도 없다.
−레어 크록−

 외국을 여행해 본 경험이 있다면 아마 당신은 그곳에서 엄청난 문화적 차이를 느꼈을 것이다. 직접 여행을 해본 경험이 없는 사람이라도 텔레비전이나 영화, 혹은 책을 통해 차이를 느꼈을 것이다.

개개인의 차이 또한 각국 문화들의 차이만큼이나 크다. 다른 문화권의 사람들이 우리와 같은 시각을 갖거나 행동하기를 기대하지 않듯이, 개개인도 각각 다른 시각을 갖고 있고, 다른 행동 유형을 보이기 마련이다.

사람들이 심리적으로 제각기 다른 양상을 보이는 것은 사고 체계와 기분이라는 두 가지 이유 때문이다. 모든 인간은 이 두 가지를 중심으로 생각하기 때문에 동일한 문화권에 있든 아니든 두 사람이 일치된 시각을 갖는다는 것은 불가능하다.

이러한 법칙에는 예외가 없다. 각각의 사고 체계는 그 자체로 독특하다. 우리의 부모, 배경, 판단, 기억, 선택적 인식, 환경, 기분 등과 같은 수많은 요인들이 우리들 각자의 사고 체계를 결정한다. 이들 요소의 결합은 끝이 없으며, 다른 사람의 사고 체계를 그대로 복제한다는 것은 아예 불가능하다.

이 원리를 이해하면 실제로 쓸데없는 논쟁에 휘말리지 않을 것이다. 다른 사람들은 사물을 다르게 본다는 것을 인정할 때, 똑같은 자극이라도 사람들은 각자 다르게 반응한다는 것을 이해할 때, 자신은 물론 다른 사람들에 대한 배려의 마음이 몰라보게 향상될 것이다.

갈등은 이와 반대되는 생각을 하는 순간부터 시작되는 것이다. 이는 작게는 두 사람의 관계에서부터, 크게는 국가 간의 관계에서도 적용되는 이야기이다.

이러한 예는 어디에서든 볼 수 있다. 우리가 다른 사람들의 생각을 인정할 수 있으면, 일단 우리 자신부터 좋은 기분을 만끽할 수 있을 뿐만 아니라 나아가서는 다른 사람들과 맺는 관계의 가능성을 극대화하면서 개개인의 독특한 본질을 경험할 수 있을 것이다.

58

작은 실천이 관계를
돈독히 한다

기회는 드물다.
현명한 사람은 한번 온 기회를 결코 놓치지 않는다.
−바야드 테일러−

다른 사람들과의 관계에서 나타나는 문제들은 크게 다음과 같은 이유 때문에 생겨난다.

첫째, 우리는 다른 사람들이 우리와 똑같은 시각으로 사물을 바라본다고 생각한다. 때문에 다른 사람들의 반응을 이해하지 못하고 당황한다. 둘째, 우리가 보는 것만이 진실이기 때문에 다른 사람들도 우리와 똑같은 시각을 가져야 한다고 믿는다.

하지만 다른 사람들은 우리와 같은 시각을 가질 수도 없거니와 그래서도 안 된다. 개개인의 생각이 모두 다를 수밖에 없기 때문에 우리는 절대로 다른 사람들과 같은 시각을 가질 수가 없다. 마찬가지로 다른 사람들 역시 우리와 똑같은 시각을 가질 수 없다.

이러한 원칙을 제대로 이해할 때 서로간의 차이를 기쁜 마음으로 받아들일 수 있다.

사람들이 저마다 각각 다양한 시각을 가지고 있다는 사실을 말로만 하는 것과 정말로 그렇다고 믿고 이해하는 것은 전혀 다른 개념이다. 정말 그러한 믿음을 가지려면, 억지로 각자의 시각이 다르다는 생각을 하려 애쓰지 말고, 삶을 바라보는 저마다의 시각이 다르다는 것을 가슴으로 인정해야 한다.

다른 사람들의 말과 행동은 굳이 마음에 담아 둘 필요가 전혀 없다. 대부분 사람들은 삶을 바라보는 자신의 시각이 타당하고 현실적이며 정확하다는 것을 스스로에게 입증해 보이며 평생을 보낸다.

이러한 성향을 이해하고 나면 다른 사람을 변화시킨다는 것이, 혹은 다른 사람들과 논쟁을 벌이는 것이 얼마나 무익한 일인지 알 것이다.

당신과 어떤 사람이 논쟁을 벌일 경우 상대방은 자기가 옳다는 믿음이 아주 강하기 때문에, 자신의 주장을 관철시키기 위해 당신이 제시한 의견까지도 자신의 주장에 활용하려 든다. 다음에 드는 예와 같이 말이다.

결혼한 지 십 년째 되는 부부가 있다. 남편은 사람들의 본성이 비판적이라고 생각하고, 아내는 가능한 한 칭찬을 하려 드는 것이 사람들의 본성이라고 생각한다.

이 부부는 수년 동안 이 문제를 가지고 언쟁을 벌여 왔다. 그 과정에서 남편은 사람들이 얼마나 비판적이고 공격적인지 보여주는 예를 수없이 들고, 아내 역시 질세라 남편의 말 하나하나에 자신의 주장이 옳다고 반박했다. 남편도 아내도 상대방이 어째서 눈앞의 뻔한 사실에 그렇게 둔감할 수 있는지 이해하지 못했다.

어느 날 이 부부는 식당에 들렀다가 한 종업원이 다른 동료에게 "2번테이블에 앉은 여자가 쓴 모자 봤어요? 정말 굉장하죠!'라고 하는 말을 우연히 들었다.

아내는 즉시 남편에게 이렇게 말한다.

"당신도 들었죠? 이건 칭찬하는 게 사람의 본성이라는 걸 말해 주는 또 다른 예라구요. 얼마나 멋있어요. 이제 당신도 남을 칭찬할 기회를 찾는 게 사람들의 본성이라는 사실을 받아들이세요."

그러자 남편은 놀란 눈으로 아내를 쳐다보며 이렇게 말한다.

"칭찬이라니, 당신 지금 무슨 말을 하는 거야? 저 남자는 저 불쌍한 여자의 모자를 비웃었던 거라구."

우리는 단지, 저마다 각자의 분리된 현실과 삶에 대하여 나름대로 해석하고, 그와 관련된 틀에 입각해 삶을 바라본다는 사실을 받아들여야 한다.

그렇지 않고 다른 사람의 생각이 자신과 다르다는 사실을 인정하지 못하고, 바꾸려 든다면 위의 예에서와 같이 불필요한 일로 고민을 하게 된다. 말로만 '다양성은 삶의 윤활유'라고 하지 말고, 가슴으로 이해하고 인정해야 한다. 그러한 작은 실천이 모여 세상의 모든 분쟁을 없애는 큰 힘이 되는 것이다.

59

상대방의 의견을 존중하라

가장 친한 친구라 할지라도 자신의 생각을 전부 말해버리면
평생토록 적이 될 수 있다.
– 싸를르 뒤클로 –

삶을 바라보는 시각이 일치하는 두 사람이란 있을
수가 없다. 한날한시에 태어난 쌍둥이조차 생각과 성
향이 다르다. 우리는 모두 저마다 독특한 생각과 경험
을 통해 삶을 바라본다.

일단 이러한 사실을 사실로서 받아들이고 나면, 우리가 이해하지 못
하는 서로의 차이까지 진정으로 즐길 수 있을 것이다. 뿐만 아니라 그것
을 통해 교훈까지 얻을 수 있다.

우리 각자의 기억이나 경험, 사물에 대한 판단은 모두 다르다. 그러한
것들이 모여서 거대한 삶의 차이를 만들어낸다.

여기 두 사람의 예를 들어보기로 하자.

A라는 사람은 세상이 안전하다는 확신을 가지고 있다. 반면 B라는 사

람은 세상이 위험하다는 믿음을 가지고 있다. 누가 옳을까? 이들 두 사람은 자신의 관점이 왜 옳은지를 입증하는 예를 수없이 제시할 수 있다. 그러나 이들 두 사람에게는 자신의 믿음에 대한 절대적인 확신만 있고, 상대방의 의견을 수용할 만한 준비가 전혀 없기 때문에 항상 다툴 수밖에 없다.

개인의 생각이나 기분이 세상을 바라보는 우리의 시각을 어떻게 만들어내는지를 이해하면, 그와 같은 한계에서 벗어날 수 있다. 그렇게 되면, 만일 누군가가 우리의 의견에 반대하거나 실망하더라도 부담을 느끼지 않을 것이다. 또한 상대방을 이해시키기 위해 심리적인 스트레스를 받을 필요도 없다.

게다가 다른 사람들의 부정적인 경향에 내재된 수수함뿐 아니라 우리 자신의 부정적인 생각과 신념에 자리한 수수함을 발견할 수도 있을 것이다.

우리 모두가 삶을 다르게 바라본다는 사실을 당연하게 받아들이면, 이를 이성적이고 근본적인 삶의 양상으로 인정하고, 서로 유익하고 풍부한 관계의 문을 활짝 열 수 있을 것이다.

굳이 애쓰지 않아도 방어적이고 비판적으로 상대를 대하는 일은 없을 것이다. 왜냐하면 자신의 가치관에 집착하지 않고 보편적이고 긍정적인 감정을 개발하는 데 자연스럽게 더 많은 관심을 쏟을 수 있기 때문이다.

만약 평소 다른 사람이 당신에게 어떤 제안을 할 때마다 그가 당신을 무시하고 있다고 느끼는 사람이라면, 당신은 자신의 느낌을 전혀 의심하지 않을 것이다. 왜냐하면 당신의 사고체계가 그런 말을 정당화시켜 주기 때문이다.

그리고 만약 누군가가 당신의 생각이 잘못되었다고 지적해 주더라도 당신은 상대방이 진짜 동기를 숨기고 있거나 당신에게 적의를 품고 있다고 여길 것이다. 그래서 당신은 아무리 시간이 오래 걸리더라도, 또 자신을 비참하게 만드는 한이 있더라도, 자신이 옳다는 것을 증명하기 위해 당신의 신념을 입증하려 할 것이다.

그러나 다른 관점이 지닌 가치를 인식하면, 우리의 삶에서 백해무익한 논쟁을 제거함은 물론, 우리와 다른 시각을 가진 사람들에게 느꼈던 적대감이나 분노를 완전히 없앨 수 있다. 사고 체계의 고집스런 속성을 이해한다면, 다른 사람들은 자기 식대로 사물을 바라보지 않을 수 없다는 것도 인정할 것이다.

다른 사람도 내 식대로 세상을 대한다고 착각하지 않으면 인간관계가 한층 풍요롭게 될 것이다.

60

사소한 다툼은 어긋난
관계에서 비롯된다

얼굴을 붉히는 자는 이미 유죄요,
참다운 결백은 어떤 것에도 부끄럽지 않다.
−루소−

내가 아는 부부 보브와 캐럴에게는 아기가 있다. 둘 다 아기를 극진히 사랑한다.

어느 날 아기가 아프자 보브는 캐럴의 일을 조금이라도 덜어주기 위해 자신이 아기를 병원에 데려가겠다고 캐럴에게 말했다. 그는 평소에 병원에 가는 것을 별로 좋아하지 않았으며, 몹시 바쁜 상태였지만 자신이 가겠다고 했다.

아기를 병원에 데려가겠다는 남편의 제안을 사랑의 표현이라고 믿는 캐럴은 남편에게 고맙다는 말은 했지만 그 제안은 거절했다. 현재 캐럴 자신이 별로 바쁘지 않았기 때문이다. 캐럴은 아이를 키우는 방식이 남편과 다르기 때문에, 이런 경우에 자신이 직접 하는 것이 좋겠다는 결정을 내린 것이었다.

또 다른 부부 테드와 앨리스의 경우를 보면, 보브네 부부와 같은 상황에 처해 있지만 서로 이해하는 수준이 다르다. 테드가 앨리스에게 보브와 똑같은 제안을 했다. 그러나 앨리스는 이러한 제안을 당신은 좋은 엄마가 못 된다는 말로 들었다.

그녀는 친구들에게도 급할 경우가 아니면 이런 종류의 부탁은 절대 하지 않는다. 자기 손으로 직접 아이를 돌보는 것이 엄마의 역할을 성실하게 다하는 것이라고 굳게 믿고 있기 때문이다.

여기까지의 결과는 겉으로 보면 두 부부 모두 같다. 그러나 캐럴과 앨리스는 분명한 차이를 보이고 있다.

캐럴의 경우는 남편과 자신의 아이에 대한 양육 방식의 차이를 인정하고 있다. 그렇기에 고맙다는 말을 먼저 할 수 있었다. 그들 부부는 그 이후로도 각자가 서로를 존중하면서 살아갈 수 있었다.

그러나 앨리스는 남편의 제안을 거절한 것에 그치지 않고 남편에게 자신의 양육 방식에 참견하지 말라며 화를 냈다. 그녀는 테드와 그녀 자신의 차이를 인정하지 않았기 때문에 이러한 반응을 보였던 것이다. 테드 역시 앨리스와 자신의 차이를 이해하지 못하기 때문에 앨리스에게 고마워할 줄을 모른다며 화를 내고 말았다.

말다툼이 이어지고 결국은 둘 다 며칠 동안 서먹서먹하게 지냈다. 이는 서로의 생각과 사고방식의 차이를 이해하거나 인정하지 못한 데서 올 수 있는 전형적인 말다툼의 한 예이다.

테드나 앨리스 중 어느 한쪽만이라도 서로의 차이를 이해하고 있었다면, 이러한 소모적인 말다툼은 일어나지 않았을 것이다.

앨리스가 만약 캐럴처럼 남편의 제안에 귀를 기울였더라면 자신의 감정과 상관없이 "고맙지만 괜찮아요, 내가 데려갈게요."라고 대답했을 것이다. 또한 테드도 서로의 차이를 이해하고 있었다면, 앨리스의 반응에 화를 내지 않고 말다툼을 미연에 방지할 수 있었을 것이다. 아니면 도와주고 싶은 마음을 앨리스가 화를 내지 않도록 잘 설명할 수 있었을지도 모른다. 설령 앨리스가 그의 설명을 받아들이지 않았다 해도, 화를 내서 둘의 관계를 악화시키지는 않았을 것이다.

흥미로운 점은 캐럴 역시 앨리스처럼 아기를 병원에 데려갈 사람은 자기라는 생각을 갖고 있었다는 점이다. 앞서 말했지만, 두 사람이 보인 행동의 차이는 의견이나 주변 환경 때문이 아니라 그들 자신의 이해 수준에 있었다.

캐럴이 자기가 직접 아이를 데려가야 한다고 생각한 것은 자기만의 생각이라는 것을 인정하고 있지만, 앨리스는 아이를 자기만이 길러야 한다고 믿었다.

그녀는 좋은 엄마가 되기 위해서는 아기의 문제를 반드시 자기 손으로 처리해야 한다고 믿었던 것이다. 그렇기 때문에 책임을 나누어 가지려는 남편의 제안을 자신의 양육법에 대한 비난으로 해석했던 것이다.

서로 다른 언어를 사용하는 두 사람이 통역자 없이는 서로를 이해하지 못하듯이, 두 개의 사고 체계는 절대 서로를 들여다볼 수 없다.

사고 체계가 어떻게 작용하는지를 이해한다면 이와 같은 불필요한 언쟁과 그에 따른 불행을 피할 수 있다.

61

서로간의 이해의 폭을 넓혀라

나는 재산도 명예도 권력도 다 가졌으나,
그래도 한 생애중 가장 행복했던 때는 독서로 인하여 얻은 것이다.
—미클리—

서로간의 차이가 넘을 수 없는 벽처럼 보일 때, 서로 다를 수밖에 없다는 사실을 이해한다는 것은 현실적으로 아주 큰 의미를 지닌다.

이해심을 가지고 다른 사람에게 접근할 경우, 비로소 관계를 위한 문이 열린다.

다른 사람의 의견이 부족하다거나 잘못되었다는 판단을 내리지 않는다면, 우리는 새로운 정보를 받아들일 수가 있다. 그러나 이러한 이해가 마련되지 않는다면, 사고 체계는 우리가 제대로 들을 수 없도록 우리의 이성을 마비시킬 것이다.

다른 사람이 의견을 말할 때는 일단 판단을 내리지 말고 듣기만 하라. 그러면 당신과 함께 있는 사람은 자신의 견해에 대해 당신이 보이는 존경심과 기꺼이 들으려는 당신의 의지를 의식할 것이다. 또한 서로 이해의 폭이 넓어지면서 우리 자신은 물론 다른 사람들 안에 있는 타협이나 협동의 본질이 최대로 발휘될 것이다.

자신을 돌볼 보모를 고용하기로 했던 부모에 대한 스테이시의 반응을 다시 한 번 살펴보자.

아이 양육과 관련한 부모의 결정은 스테이시 자신의 가치관과 판이하게 달라졌다. 자신의 생각에 대한 믿음 때문에 그녀는 생각에 생각을 거듭하다 결국은 쓸데없는 고통을 자초했다.

부모의 결정에 대해 처음 생각할 때, 스테이시에게는 저마다 달리 세상을 본다는 사실에 대한 이해나 인식이 부족했다.

그녀는 자신의 부모가 왜 그런 결정을 내리게 됐는지 이해할 수 없었다. 또한 그녀는 자신의 관점과 일치하지 않는 부모의 결정과 견해의 차이로 괴로워하고 있었다.

만일 스테이시가 저마다 다르게 세상을 본다는 사실을 이해했다면 짜증을 부리거나 판단을 내리지 않고도 '생각의 즐거움'을 만끽할 수 있었을 것이다.

그녀는 자신의 부모가 그 당시 자신들이 옳다고 생각했던 것에 근거해 그러한 결정을 내렸을 뿐, 그 이상도 그 이하도 아니라는 사실을 이해했을 것이다.

나아가 자신의 생각은 옳고 부모의 생각은 틀렸다고 못을 박는 대신, 다른 사고 체계에 근거한 다른 결정이었을 뿐이라는 것을 인정했을 것이다. 그랬다면 스테이시와 부모의 관계는 의심과 비난이 아닌 서로를 존중하고 사랑하는 마음으로 가득했을 것이다.

이처럼 해결책은 저마다 세상을 다르게 보는 것이 당연하다는 사실을 자연스럽게 받아들이고, 나아가 다른 사람의 마음속에 항상 들어갈 수는 없다는 것을 겸허하게 받아들이는 데 있다.

당신에게는 아무리 쉽게 보이는 일도, 혹은 아무리 명백해 보이는 상황이라 하더라도, 다른 사람들은 다르게 접근할 뿐만 아니라 그들 또한 그러한 자신의 관점이 옳다고 믿는다는 것을 명심하라.

62

소원한 관계는 지혜의
힘을 빌려라

다른 사람을 비난하는 가운데 우리가 가장 조심해야 할 것은
그것에 의해서 우리가 불리해진다는 것이다.
– 뒤마 –

 모든 사람들은 타인을 평가할 때 고유의 안목을 가
지고 각자의 취향과 환경에 따라 결정을 내린다. 어떤
사람은 인상이 좋은 사람을, 어떤 사람은 매너와 유머
감각이 좋은 사람을, 어떤 사람은 실력과 외모가 출중한 사람을 좋게 평
가한다. 하지만 모든 사람들에게 공통적으로 적용되는 안목이 하나 있
다. 그것은 바로, 모든 사람은 자신을 좋아해 주는 사람을 좋아한다는 사
실이다.

그것은 당신도 예외는 아닐 것이다. 당신이 좋은 사람이라고 생각하
는 사람이 당신을 별로 좋아하지 않는다는 사실을 우연히 알게 되었다고
가정해 보자. 당신은 그 사람을 이전과 똑같은 마음으로 그리고 좋은 감
정으로 바라볼 수 있을까? 당신을 좋아하지 않는 그 사람의 마음이 당신

의 감정을 괴롭히지는 않을까? 당신은 잠시 동안 고민에 빠지겠지만 어쩔 수 없이 그 사람을 부정적으로 바라보게 되고 심한 경우 험담까지 할 것이다.

문제는 이러한 경향이 매우 일반적으로 확산되어 있다는 사실이다. 이러한 경향이 너무나도 당연시되는 과정 속에서 사람들 사이의 관계는 왜곡됐다. 너도나도 타인이 자신을 별로 좋아하지 않는다고 일방적으로 판단하기 시작하는 것이다. 그리고는 거리낌 없이 타인에 대해 부정적인 생각을 한다. 오해가 그릇된 결과를 초래하는 예이다.

모든 관계는 어느 정도의 호의와 긍정적인 느낌에서 출발한다. 긍정적인 느낌이 들 때 사람들은 친분 관계를 맺는다. 긍정적인 느낌은 서로에 대해 부정적으로 생각하지 않았기 때문에 가능했던 것이다. 다시 말해, 어떤 사람의 부정적인 면에 주목하지 않으면 사랑과 존경이라는 자연스러운 감정이 생겨날 수 있는 것이다.

하지만 그렇지 않은 경우, 위에서 얘기한 것처럼 정반대의 심각한 상황에 이를 수도 있다. 그런 상황이라면 인간관계에서 행복을 찾기란 사실상 불가능하다.

당신은 타인이 당신에 대해 당신이 생각하는 것 이상으로 호감을 갖고 있다는 사실을 인정해야 한다. 그것은 아주 유쾌한 사실이다. 한 사람이라도 더 당신을 좋아한다고 가정해 보라. 얼마나 마음이 편해지겠는가. 이러한 사실을 당장 인정하기가 어렵다면, 혹시 그럴지도 모른다는 기대 정도라도 해보기 바란다. 그러한 과정 속에서 당신은 마음속에 소리 없이 찾아드는 평온과 행복의 감정을 분명히 느낄 수 있을 것이다.

우리는 이러한 예를 매우 자주 경험하며 살아가고 있다. 다른 사람이 당신을 좋아한다고 생각하면 당신은 자연스럽게 그 사람에게도 당신의 좋은 감정을 전해 주고 싶은 생각이 들 것이다.

다른 사람에게 당신의 따뜻한 감정을 느끼게 하는 방법은 무엇보다도 그러한 감정의 중요성을 이해하고 우선순위에 올려놓는 것이다.

상대방에게 따뜻한 감정을 느끼면 서로의 차이에 대해 관대해진다. 설령 다른 점이 많다 하더라도 지혜의 힘을 빌려 평화롭게 해결한다.

반면 상대방에게 따뜻한 감정을 느끼지 못하면, 쉴 새 없이 차이점을 들먹이면서 배타적으로 대한다. 뿐만 아니라 자신의 불만스런 감정을 그 사람의 탓으로 돌린다.

우리의 감정을 만들어내는 것은 서로의 차이가 아니라 자신의 생각이다. 따라서 우리 자신의 생각을 이해하면 이와 같은 부작용에서 벗어날 수 있다.

63

남의 잘못을 쉽게
지적하지 마라

친구에게 충고를 하려거든 즐겁게 하려 말고
도움을 주도록 하라.
—솔론—

 우리가 자신에게 던지는 중요한 질문들 중 하나는 "나 자신이 항상 '옳기'를 원하는가, 아니면 행복하기를 원하는가?" 하는 것이다. 대개 이 두 가지는 서로 배타적이다.

자신의 입장을 방어하고 정당성을 입증하는 일은 정신을 피로하게 만들며, 때로는 사람들로부터 자신을 소외시킨다. 자신이 옳다는 것을 입증하거나, 혹은 상대방이 틀리다는 것을 입증하는 것은 상대방이 방어적인 태도를 취하게 만들며, 우리 또한 자신을 방어하는 데 큰 중압감을 느낀다.

나 역시 마찬가지지만, 우리들 중 대부분은 자신이 옳고 상대방이 틀리다는 것을 증명하거나 지적하는 데 많은 시간과 에너지를 낭비한다.

의식적이든 무의식적이든, 많은 사람들이 타인에게 그들의 입장이나 진술 혹은 관점이 틀리다는 것을 알려 주는 것이 자신의 의무이며, 자신이 충고했던 사람이 그것에 대하여 어떤 식으로든 감사하게 생각하거나, 최소한 뭔가를 배울 것이라고 믿고 있다. 하지만 이것은 틀린 생각이다!

한번 곰곰이 생각해 보라. 누군가의 지적을 받은 후, 자신이 옳다는 것을 입증하려는 상대방에게 "내가 틀리고, 당신이 옳다는 것을 알려 줘서 정말 고마워요. 이제야 나는 제대로 알게 되었어요. 정말이지 당신은 최고예요!" 하고 말한 적이 있는가? 아니면, 잘 아는 누군가에게 그의 잘못된 점을 지적해 주거나, 그가 틀리고 자신이 옳다는 것을 입증했을 때, 그들이 감사하다고 말하거나 최소한 당신 생각에 동의한 적이 있는가?

물론 없었을 것이다. 사실, 우리 모두는 누군가의 지적에 따라 자신의 잘못을 고치는 것을 싫어한다. 우리는 자신의 생각이 모든 사람들로부터 존중받고, 이해받기를 원한다. 누군가가 자신의 말에 귀기울이기를 바라는 것은 인간이 지닌 가장 큰 욕망 중의 하나이다.

남의 얘기를 경청하는 법을 아는 사람이야말로 타인으로부터 가장 사랑받고 존중받는 사람이다. 반면에 타인의 잘못을 지적하는 습관에 빠진 사람을 만나면, 우리는 흔히 화를 내거나 그를 피해버린다.

자신이 옳다는 주장을 전혀 하지 말라는 것은 결코 아니다. 때로는 진정으로 자신이 옳기를 바라거나 옳아야 할 때가 있다. 인종차별주의적인 발언을 들을 때처럼, 결코 양보할 수 없는 어떤 철학적인 입장이 있을 것이다. 자, 이럴 때는 당신의 마음을 솔직하게 얘기하는 것이 중요하다. 하지만 항상 자신만이 옳기를 바라는 습관에 빠져 있는 경우에는, 마음속의 자아가 어느덧 슬며시 고개를 들어 평화로울 수도 있는 만남을 망치고 만다.

평화롭고 사랑스런 사람이 되기 위한 놀랍고도 진정한 방법은, 자신이 옳다는 기쁨을 타인이 느낄 수 있도록 내버려두는 습관을 익히는 것이다. 다시 말해 그들에게 영광을 돌리는 것이다.

타인의 잘못을 지적하는 습관을 버려라. 이러한 습관을 고치는 것이 힘들 수도 있지만, 시도하고 실천할 만한 가치가 있다. 누군가가 "…하는 것이 정말로 중요하다고 생각해요"라고 말할 때, 곧바로 "아뇨, …하는 것이 더 중요해요"라며 끼어들거나, 그의 생각이 틀리다는 것을 지적하지 말고, 그냥 그대로 그들의 말이 일리가 있다는 생각을 갖도록 내버려두자.

이렇게 하면, 인생을 살아가면서 마주치게 되는 사람들이 우호적이고 정다운 모습으로 변화한다. 비록 자신들조차 그 이유를 분명히 알 수 없을지라도, 그들은 당신이 기대했던 것 이상으로 당신을 높이 평가하게 된다.

더불어 다른 사람들의 행복을 목격하고, 함께 나누는 기쁨을 누리게 될 것이다. 그뿐인가? 자존심을 내세우는 싸움보다 훨씬 큰 이익을 얻게 된다. 그렇다고 자신이 가장 깊이 믿고 따르는 철학적 진리나 마음속 깊은 곳에서부터 우러나오는 견해를 희생할 필요는 없다. 하지만 오늘부터라도, 가능하다면 대부분의 경우 상대방이 자신들이 '옳다'는 생각을 갖게 만들어라.

64

상대방의 이면을 보면
마음이 편해진다

대부분 사람들은 산책이나 독서, 통화 등 항상 무언가를 하고 있다.
나와 다른 사람들의 유일한 차이는 그들은 많은 일을 하고
나는 한 가지만 한다는 것이다.
−토마스 에디슨−

사람을 긍정적으로 보기 위해서는 그 사람의 못마
땅한 행동의 이면에 숨겨진 순수함을 보라.

사람들은 대부분 부정적인 행동을 하면서도 그 이
면에서는 자기가 다정하고 배려할 줄 아는 사람으로 비춰지기를 원한다.
아직까지 나는 자기를 좋은 사람이라고 여기지 않거나, 좋은 사람이 될
수 있는 가능성이 전혀 없다고 생각하는 사람을 만나 본 적이 없다. 공격
적이고 완고하고 이기적으로 보이는 사람들도 예외 없이 스스로 자기를
좋은 사람이라고 생각한다. 혹은 그러기를 바란다.

우리는 모두 마치 두 사람인 것처럼 행동하려는 경향이 있다. 그 두 행
동의 간격이 심한 경우를 우리는 '자아분열'이라고 부른다. 하지만 자아
분열 같은 것은 극히 특수한 경우일 뿐이다. 모든 사람은 조금씩 자아분

열의 조짐들을 갖고 있다. 그리고 그것은 아주 정상적인 것이다.

최적의 상태에서는 누구나 지혜와 상식에 다가갈 수 있다. 그때 사람들은 다정하고 상냥하며 친절하다.

그러나 최악의 상태에 처하면 최적의 상태에서 가지고 있던 평온한 감정이 어디론가 사라져 버리고 만다. 그때 우리는 어찌할 바를 몰라 우왕좌왕하고, 부정적인 생각을 하고, 다른 사람들의 단점을 부풀려 평가한다. 어느 순간이든, 우리의 감정 상태가 어디에 와 있는지를 결정하는 요인은 우리가 경험하는 불안감의 정도이다.

잠시 동안 당신 자신에 대해 생각해 보라. 불안을 느낄 때 당신은 어떻게 행동하며, 삶에 대해 어떤 생각을 하는가? 그런 상황에서도 낙천적이고 느긋한가? 물론 그렇지 않을 것이다.

인간에 대한 이러한 사실을 겸손하게 받아들이고 이해할 때, 비로소 당신은 사람들의 행동을 헤아릴 수 있다. 불안을 느끼면서 최적의 상태에 이를 수 있는 사람은 아무도 없다.

당신이 알고 있는 사람들 중에서 공격적이거나 너무 까다로워서 긍정적인 감정을 유지하는 것이 어렵다고 판단되는 사람에 대해 한번 생각해 보라. 물론 그 사람에게 당장 호의를 갖는 것은 어렵겠지만, 이제 당신은 그런 사람에게도 따뜻한 감정을 느끼는 것이 전혀 불가능하지 않다는 사실을 깨달을 것이다.

그렇다면 그것은 어떻게 가능해진 일일까? 내가 믿고 있는 가치판단의 기준이 이토록 변덕스럽다는 말인가. 물론 아니다. 당신이 이전의 당신과 다른 점은 당신이 행동의 이면을 보게 되었다는 것이다. 당신이 생각했던 그 사람은 다른 모든 사람들과 마찬가지로 돌에 새겨진 인물처럼 영원히 정지돼 있는 사람이 아니라, 불안의 정도에 따라 행동이 변하는 폭이 심한 사람이다. 당신은 이제 그 사람의 행동을 보는 것이 아니라 그 사람 자체를 보게 된 것이다.

우리 모두에게는 행동의 이면을 꿰뚫어 볼 수 있는 직관력이 있다. 당신도 물론 예외는 아니다. 당신은 자신의 직관력을 과소평가해서는 안 된다.

관계를 향상시키기 위해서는 의도적으로 그렇게 해야 할 사람들뿐만 아니라, 그럴 만한 가치가 없다고 생각되는 사람에 대해서도 따뜻한 감정을 가져야 한다. 이를 연습할수록, 관계를 풀어 나가는 우리의 능력과 상호 존중의 감정이 풍부해진다.

인간관계에서 차지하는 긍정적인 감정의 중요성은 아무리 강조해도 지나치지 않다. 이러한 감정에 접근하는 법을 배운다면, 우리 자신은 물론 우리가 관계하는 사람들의 가장 좋은 면을 끌어낼 수 있을 것이다.

문제는 상대방이 다시 불안감에 휩싸여 당신을 싫어하는 태도를 보이느냐 안 보이느냐가 아니다. 그들은 다시 그런 행동을 할 것이다. 그렇다고 해도 실망하지 말라. 이미 당신은 긍정적인 감정의 효력을 잘 알고 있는 사람이니까 말이다.

상대방에 대해 긍정적인 감정을 유지할 수 있다면 그들의 자신감을 높여 주고, 그 결과 그들이 느끼는 안정감의 수위가 올라가면서 그들의 행동도 좋은 방향으로 바뀔 것이다.

그렇게 되면 모두가 승리자가 되는 것이다. 상대방은 당신이 보여 준 배려와 사랑에 감사하는 한편, 그러한 경험을 통해 중요한 교훈을 터득할 것이다.

결론적으로 말해서, 상대방의 이면을 보라는 것은 입장을 바꾸어서 상대방의 처지에 서 보라는 것이다. 그 사람의 처지에 서 보면 왜 그가 왜 그러한 행동을 또는 말을 하게 되었는지를 유추해 볼 수 있다. 그렇게 함으로써 그의 진면목을 곡해하지 않고 그 처지만을 따로 떼어내서 보면 둘 사이의 관계는 유지할 수 있을 것이다. "죄는 미워하되 사람은 미워하지 말라."는 말이 있듯이.

65

먼저 용서하고, 먼저 화해의
손길을 내밀어라

용기란 우리들 인간이 행복을 누리는데 있어서
하나의 중요한 구실을 하는 요소이기도 한 것이다.
−쇼펜하우어−

 많은 사람들이 말다툼과 오해, 화가 치미는 상황이 나 그 밖의 여러 가지 고통스런 경험들로 생긴 분노를 가슴속에 품고 살아간다.

게다가 완고한 자세로 버티고 서서 다른 누군가가 먼저 화해의 손길을 내밀기를 기다린다. 그리고 그것이야말로 상대방을 용서하고 우정과 가족 관계를 회복할 수 있는 유일한 방법이라고 믿는다.

나는 건강이 별로 좋지 않은 한 여성을 알고 지냈는데, 최근 그녀가 나를 찾아와서 자신이 3년 동안이나 아들과 대화를 나누지 않고 지내고 있다는 얘기를 털어놓았다.

"왜죠?" 하고 내가 물었다. 그러자 그녀는 며느리 때문에 아들과 의견 충돌이 있었으며, 아들이 먼저 사과하기 전까지는 절대로 다시는 만나지 않을 거라고 말했다.

내가 그녀에게 화해를 하기 위해 먼저 노력해 보는 것이 어떻겠느냐고 권유하자, 처음에는 "그럴 수 없어요. 사과해야 할 사람은 바로 아들이에요" 하고 거세게 고개를 저으며 내 말을 귀담아 들으려 하지 않았다. 그녀는 말 그대로, 눈에 흙이 들어가기 전까지는 아들에게 먼저 화해를 청하지 않겠다고 힘주어 말했다.

하지만 내가 정중한 말투로 계속해서 설득하자, 마침내 그녀는 먼저 화해하겠다고 결심했다.

몇 번의 망설임 끝에 그녀가 아들에게 전화를 하자 놀라운 일이 일어났다. 그녀의 아들이 그녀가 전화해 준 것을 진심으로 고마워하며, 자신이 잘못했다면서 먼저 사과를 했다고 한다.

늘 그렇듯 누군가가 먼저 적당한 기회를 찾아 화해의 손을 내밀 경우에는, 양쪽 모두가 이기게 된다.

억누를 수 없는 증오와 분노에 마음이 지배당하게 되면, 우리는 '사소한 일'도 대단히 '거창한 일'로 만들어 버리게 된다. 그리고 자신의 체면이 행복보다 훨씬 더 중요하다고 믿기 시작한다. 하지만 사실은 전혀 그렇지 않다.

만약 마음의 평화를 원한다면, 자신이 '옳다'고 고집하는 것이 결코 행복보다 더 중요할 수는 없다는 점을 이해해야 한다. 행복해지기 위해서는 분노를 가라앉히고 화해의 손길을 내밀어야 한다.

상대가 옳다고 인정해 주자. 그렇다고 자신이 틀리다는 뜻이 절대 아닐뿐더러, 오히려 이로 인해 모든 것이 더 나아진다. 더불어 우리의 마음속에는 분노 대신 평화가 깃들게 되고, 배려하고 양보하는 기쁨을 맛보게 된다.

먼저 사과하고 상대방이 '옳다'는 것을 인정하기만 하면, 그들은 방어적인 태도를 버리고 우리를 향해 마음의 문을 활짝 열 것이다. 그리고 그들 역시 화해의 손길을 내밀 것이다.

설사 그들이 변하지 않는다 하더라도 괜찮다. 좋은 세상을 만들기 위해서 최선을 다했다는 생각에 마음이 뿌듯해지는, 만족감이라는 선물이 우리를 기다리고 있기 때문이다. 그리고 틀림없이, 놀랄 만큼 마음이 편안해질 것이다.

66

자신의 목소리에 귀를 기울여라

누구나 자기 분수를 알고, 타인에게 그들의 이익을 인정한다면,
영원한 평화는 즉시 이루어지리라.
- 괴테 -

 어느 누구도 삶을 바라보는 다른 사람의 시각에 의문을 제기할 수는 없다. 왜냐하면 각자의 고유한 생각이 각자의 고유한 경험을 만들기 때문이다.

사람들은 서로 똑같은 시각을 가질 수 없으며, 그것은 앞으로도 영원히 그러할 것이다. 따라서 긍정적인 관계를 지속시키기 위해서는 이를 당연한 사실로서 받아들여야 한다. 이러한 깨달음에 이르게 되면 겸손하면서도 자유스러운 당신만의 통찰력을 가질 수 있다.

우리는 '삶' 이라고 부르는 것이 언제나 미완성인 상태로 존재한다는 사실을 인정해야 한다. 삶을 바라보는 우리 각자의 시각과 다른 사람들에 대한 해석은 언제나 임의적일 수밖에 없다. 우리의 기억과 생각의 경험 안에 축적된 정보가 지금과 달랐다면, 삶을 바라보는 우리의 시각과

다른 사람들에 대한 반응도 달라졌을 것이다.

한 가지 좋은 소식이 있다면 삶을 바라보는 당신의 시각이 틀리지 않았다는 것이다. 다른 사람들의 시각이 정당하다면 당신의 시각도 정당하다.

우리가 어떤 식으로든 서로 이해한다면 다른 사람들의 시각은 자신과 얼마든지 다를 수 있다는 것도 예상을 할 수 있다. 그 점을 미리 예상할 수 있는 사람은 자기와 똑같은 시각을 가진 사람을 만나면 놀라움과 기쁨을 느끼게 될 것이다. 하지만 그렇지 않더라도 문제될 것은 하나도 없다. 왜냐하면 우리는 자신을 향해 '그게 그 사람들 방식인 걸'이라고 말하는 법을 이미 배웠기 때문이다.

물론, 사람들 간의 근본적인 차이에 관심을 기울일 필요가 없다거나 그 차이가 아무 문제가 되지 않는 척하라고 이야기하는 것은 아니다.

우리의 사고 체계는 언제나 중립적이다. 우리는 마음대로 사고 체계를 어느 한쪽으로 기울게 할 수 없으며, 사고 체계를 없앨 수도 없다. 지금 할 수 있는 최선의 길은 우리가 사고 체계를 가지고 있으며, 바로 그 사고 체계가 우리가 바라보는 것을 결정한다는 사실을 이해하는 것뿐이다.

그것이 이해될 때 냉정하게, 그러니까 지혜와 균형 감각을 유지하면서 자신의 목소리에 귀 기울일 수 있다. 그래야 비로소 우리는 자기 생각을 아주 심각하게 받아들이지 않는 법을 배울 수 있을 것이다.

다른 사람들 때문에 고통을 겪는 일도 없어질 테고, 다른 사람들의 생각을 심각하게 받아들이지도 않게 될 것이다. 누군가와 의견이 완전히 다를 수도 있겠지만, 그 때문에 문제가 되는 일은 더 이상 없을 것이다.

사람들과 굳이 눈높이를 맞춰야 할 필요는 없다. 이제 우리에게는 새로운 시야가 마련되어 있기 때문이다.

67

행복은 이해를 바라는 것이
아니다

행복은 성취하는 기쁨과 창조적으로
노력하는 스릴에 있다.
-프랭클린 루즈벨트-

 우리가 일상생활에서 행복을 느끼지 못하는 데에는 여러 가지 이유가 있겠지만, 수많은 이유 중의 하나는 바로 "아무도 나를 이해하지 못한다."라는 아주 흔한 오해이다.

이러한 오해는 직접적으로 우리가 늘 맞부딪치는 상대방에 대한 적대감을 낳거나, 끊임없이 인정과 이해를 받고자 하는 쓸데없는 욕망에 사로잡히게 만든다는 점에서 그 문제의 심각성이 있다.

결론부터 말하자면 우리가 꿈꾸는 이해에 대한 욕망을 해소하기는 불가능한 것이다.

행복이란 집착이나 욕망에서 나오지 않는다. 만약 행복이 집착과 욕망에서 얻어지는 것이라면, 이 세상은 저마다의 욕망을 채우려는 사람들로 인해 걷잡을 수 없이 혼란스러워질 것이다. 하지만 행복의 진실은 혼란스러움에 있지 않고 조화로움 속에 있다.

우리는 세상의 수많은 가치를 인정하라고 배워 왔다. 진리의 상대성을 잘 알고 있으며 모든 가치의 다양성과 객관성을 존중한다. 이러한 훈련이 잘 되어 있는 사람이라면, 상대방이 자신을 이해하지 못한다고 해서 기분이 상할 필요가 전혀 없을 것이다.

모든 인간의 이성적 기능은 이해할 필요가 있는 부분은 이해하고 이해할 필요가 없는 부분은 이해하지 않게끔 조직되어 있다. 상대방이 당신 자신에 대해 이해하지 못하고 있다고 생각하는 것은, 바로 이러한 이해의 상대적 차이에 대해서 당신이 무지하기 때문이다.

다른 사람들로부터 이해를 받지 못해 괴로워하고 있다면 당신은 이제부터 이렇게 생각해야 한다.

'이 세상에는 나를 전혀 이해하지 못하는 사람도 없고 나를 완전히 이해하는 사람도 없다. 왜냐하면 애초에 그 두 가지는 불가능하기 때문이다.'

따라서 당신은 이제 상대방에게 당신 자신을 완전히 이해시키기 위해 노력할 필요도 없고, 상대방이 당신 자신에 대해 이해하지 못한다는 이유로 분개할 필요도 없다. 이러한 사실을 심리적으로 거부감 없이 받아들일 때 당신은 행복에 바짝 다가설 수 있다.

예전에 한 남자가 나를 찾아와서 이렇게 말한 적이 있다.

"친구들이 저를 전혀 이해하지 못하고 있어요. 친구들과 만나는 것이 점점 두려워요."

그때 나는 그에게 이렇게 말해 주었다.

"당신이 바라는 이해를 그들은 결코 해 줄 수 없습니다. 왜냐하면 그들은 이미 충분히 당신을 이해하고 있다고 생각하니까요. 당신에 대한 그들의 이해를 정당한 것으로 받아들여 보세요."

이제 당신도 가족이나 친구 등 당신의 주변 사람들을 둘러보기 바란다. 그들은 이미 충분히 당신에 대해 이해하고 있다. 오해는 그들이 하고 있는 것이 아니라 바로 당신이 하고 있는 것이다. 행복은 이해의 추구에서 나오지 않는다는 것을 다시 한 번 명심하기 바란다.

68

사소한 일은 사소하게 여겨라

개선으로부터 몰락까지의 거리는 단 한걸음에 지나지 않는다.
나는 사소한 일이 가장 큰일을 결정함을 보았다.
−나폴레옹−

당신은 아마 운전 중에 다른 차를 가볍게 들이받았
다가 말다툼을 한 경험이 있을 것이다. 그러한 경험이
없더라도 우연히 그런 사람들을 본 적이 있을 것이다.

때로는 이런 경우에 작은 말다툼에서 그치지 않고, 멱살을 잡고 상대
방을 위협하거나 심하게는 주먹을 휘두르는 사람들도 있다.

이럴 때 둘 중 어느 한 사람이라도 상대방을 배려하는 마음을 가지고
있었다면, 서로 얼굴을 붉히는 일은 아마 생기지 않았을 것이다.

이러한 예는 우리의 주변에 얼마든지 있다. 가령 운전 도중 다른 차가
당신의 차 앞으로 끼어들 때, 도로 정체가 극심할 때, 또는 길을 걷다가 한
눈을 팔고 걸어오는 사람과 어깨를 심하게 부딪쳤을 때, 줄을 서서 오래
기다릴 때 등등. 이런 경우 사람들은 대부분 몹시 짜증을 내거나 불쾌하

게 반응한다.

우리가 하루를 보내면서 느끼는 불쾌한 감정은 대개 이런 사소한 일들 때문이다. 조금만 더 차분히 들여다보면 실제로는 그다지 대단치 않은 일들이 태반인데 말이다. 사소한 일은 그냥 사소하게 생각하고 넘겨버리는 것이 좋다. 사소한 일들을 신경 쓰지 않는 방법을 알면 그에 따르는 보상은 엄청나다. 더 이상 작고 사소한 일 때문에 끙끙대느라 정력을 낭비하거나 인생의 소중한 시간들을 허비하지 않아도 될 것이기 때문이다.

가벼운 추돌 사고가 일어나더라도 상대를 배려하는 마음으로 차분하게 대처하고, 길이 아무리 막히더라도 기분 좋은 일들을 떠올리며, 누군가와 어깨를 부딪치더라도 가볍게 웃으며 넘어가는 사람들과 이런 일들에 일일이 짜증을 내는 사람들을 비교해 보라. 굳이 말하지 않더라고 어떤 사람들이 하루를 재미있게 사는지 알 수 있을 것이다.

만약 지금부터라도 당신이 사소한 일에 얽매이지 않고 좀 더 자유롭게 지내려고 노력한다면 당신은 놀라울 정도로 강해지고 친절하고 유연하게 살아갈 수 있을 것이다.

69

바쁘다는 말을 강조하지 마라

험한 언덕을 오르기 위해서는 처음에는 천천히 걷는 것이 좋다.
— 세익스피어 —

사람들은 바쁘다는 말을 입에 달고 다닌다. 이제
는 생각할 것도 없이 즉각 튀어나오는 말이 되어버렸
다. 어쩌면 "어떻게 지내세요?"라는 질문에 대한 가장
일반적인 대답이 "너무 바빠서요." 일지도 모른다.

지금 이 글을 쓰는 나 역시 이런 경향이 있음을 고백하지 않을 수 없다.
하지만 나 자신이 그렇다는 것을 의식하게 된 후, 점점 바쁘다는 점을 강
조하지 않게 되었다. 그리고 그 결과 기분이 좋은 상태에 있는 시간이 전
보다 늘어난 것을 알 수 있었다.

사람들의 대화를 듣다 보면, 다들 타인에게 아주 바쁘다고 말하면 마
음이 더 편해지기라도 하는 것 같다. 엊저녁 퇴근길에 식품점에 들렀다
가, 어떤 사람들이 인사를 나누는 광경을 본 적이 있다.

그들 중 한 사람이 먼저 이렇게 말했다.

"잘 있었나. 요즘 어떻게 지내?"

그러자 다른 친구가 한숨을 크게 내쉬면서 이렇게 대답했다.

"정말 바빠. 자넨 어떤가?"

"나 역시 그래. 정신없이 일하거든."

먼저 안부를 물었던 사람의 대답이다.

다음은 여자 친구들의 대화이다.

"그레이스. 여기서 다 만나네? 요즘 어때?"

"잘 지내지 뭐. 그런데 너무 바빠서 좀 그래. 너는?"

"몰라서 묻니? 정신없어."

이들의 대화 또한 앞의 두 남자들과 별반 다를 것이 없었다.

사실 안 바쁜 사람이 없으므로 이런 식의 대화가 이뤄지기 십상일 것이다. 또 바쁘게 살지 않으면 사회에서 가치 있는 삶을 살지 못한다고 느끼는 사람도 많고, 자기가 얼마나 바쁜지 경쟁이라도 하는 것처럼 행동하는 사람들도 있다.

하지만 문제는, 바쁘다는 점을 강조하는 말이 나머지 대화에 지배적인 영향을 미친다는 것이다. 서로가 바쁘다고 강조하는 것은, 결국 인생살이가 얼마나 스트레스가 많고 복잡한 것인지를 상기시킨다.

그러니 친구나 아는 사람에게 인사를 함으로써 스트레스에서 벗어날 수 있는 기회가 왔는데도, 우리는 바쁘다는 사실을 강조하고 상기하느라 시간을 허비하는 것이다.

바쁜 것이 사실이라고 해도 그런 대답을 해봤자 자신에게 아무런 이득이 없다. 우리가 바쁜 것은 사실이지만, 어떻게 지내느냐는 인사에 대답할 말은 얼마든지 있다. 우리 생활에는 '바쁘다'는 사실 이외에도 흥미로운 일들이 얼마든지 있다.

타인에게 바쁘다고 강조하는 것은, 반드시 그래서가 아니라 그저 습관적인 대답인 경우가 대부분이다. 이런 점을 알면 무의식적으로 '바쁘다'고 대답하는 습관을 고칠 수 있다.

누구와 만나거나 통화를 할 때 첫마디에 '바쁘다'는 말이 아닌 다른 말을 하면 얼마나 마음이 여유로워질까? 시험 삼아 딱 일주일만 바쁘다는 말을 입에 달지 말고 살아보자. 어렵겠지만 시도해 볼 가치가 있다.

아무리 바빠도 덜 바쁜 기분이 느껴지기 시작할 것이다. 우리가 바쁘다는 사실을 덜 강조하면, 상대방도 자기가 바쁘다는 사실을 덜 강조할 것이다. 그러면 스트레스도 덜 받게 되며, 따라서 대화 전체가 한결 느긋하고 풍요로워질 것이다.

이제부터라도 누군가가 어떻게 지내느냐고 안부를 물으면 "너무 바빠서"라는 말만은 빼고 어떤 대답이든지 해 보자. 분명히 만족할 만한 결과를 얻을 것이다.

70

상대방을 항상 칭찬하라

타인을 칭찬함으로써 자기가 낮아지는 것이 아니다.
오히려 상대방과 같은 위치에 자기를 끌어올리는 것이다.
– 괴테 –

 손님에게 항상 불친절하게 대하는 음식점이 있다고 가정해 보자. 그 음식점에서 식사를 하면서 "이 음식점은 참 친절해서 좋아요."라는 말을 해 보자. 물론, 비꼬는 투로 말해서는 안 되고 정중한 말투여야만 한다. 아마도 그 주인은 적어도 친절하다는 말을 해준 당신에게만은 전처럼 불친절하지 않을 것이다. 어쩌면 그 한마디로 인해 다른 손님들에게도 친절하게 대하려고 노력할지도 모른다.

이처럼 자신의 말 한마디로 상대방의 태도를 변화시킬 수 있는 예는 얼마든지 있다. 이런 일은 가까운 사람일수록 쉬운 일이다.

애인이 평소 무뚝뚝한 편이라면 그에게 "자기는 알고 보면 참 재미있는 사람이야."라고 말해 보라. 틀림없이 당신을 즐겁게 해주기 위해 나름대로의 노력을 할 것이다.

거짓말을 밥 먹듯이 하는 친구에게 "나는 네가 하는 말을 듣고 있으면, 언뜻 말 속에서 진심이 묻어 나오는 것을 알 수가 있어. 정말이야."라고 말하면, 그 친구는 분명히 그 후부터 당신에게 진심을 얘기하고 싶어 할 것이다.

이렇게 상대방을 칭찬하려면 우선 당신부터 상대방을 이해하고 배려하는 마음을 가져야만 한다. 또 그런 마음가짐은 당신이 항상 편안하고 행복한 상태라야 가능한 것이다. 그래야 상대방이 편하게 당신을 대할 것이다.

그러한 당신의 편안하고 여유 있는 감정 상태가 당신의 말 속에 담겨 상대방에게도 전달이 되면, 상대방도 당신을 대하는 태도를 바꿀 것이다.

당신이 상대방을 배려할 줄 아는 마음가짐을 가지면, 칭찬의 언어로 상대방에게 당신의 감정을 진술하게 전달하는 것은 그다지 어려운 일이 아니다.

그것은 우리가 타인을 대할 때 그 상대가 예컨대 이러이러한 사람이 되어 주었으면 얼마나 좋을까 하는, 우리가 바라는 바를 미리 앞서 말로 표현해 보는 것에 지나지 않는 것이다.

상대방을 변화시키기 위해 숱한 충고와 독설을 했음에도 상대방에게 아무 변화가 없었던 경험이 누구나 있을 것이다. 이럴 때 상대방을 꼭 변화시키고 말겠다는 조바심을 가지기보다는, 상대방이 이런 사람이었으면 좋겠다는 생각을 칭찬의 언어를 통해 부드럽게 전하는 것이 훨씬 효과적일 때가 많다.

그것은 곧 상대방도 배려하고 자신도 배려하는 마음을 가졌을 때 가능하다.

타인을 대할 때 항상 상대방의 장점을 찾기 위해 노력하라. 그리고 상대방의 태도가 설사 마음에 들지 않을 경우에도 마음의 여유를 갖고 그를 이해하기 위해 노력하라.

당신은 항상 입술에 웃음과 칭찬의 언어를 담고 있는, 누구에게나 사랑 받는 사람이 될 것이다.

71

상대방이 침울해 있을 때는
혼자 있게 내버려둬라

우리들 인간과 비교해 볼 때 짐승은 한 가지 참된 지혜를 가지고 있다.
그것은 현재라고 하는 순간을 늘 차분하고 조용한 기분으로 지낸다는 것이다.
－쇼펜하우어－

 기분이 바뀌면 모든 것이 다르게 보인다는 사실을 이해하면 우리 자신은 물론 다른 사람들에 대한 이해심 또한 몰라보게 증가한다.

그렇게 되면 주변 사람들도 자기와 마찬가지로 언제나 사물의 밝은 면을 보고 싶어 하지만, 뜻과는 달리 자주 주변의 일들을 골치 아픈 문제로 본다는 사실을 알 수 있을 것이다.

다른 사람들의 기분을 이해하는 방법을 터득하면, 그들이 삶의 어두운 면을 볼 때 그들의 말이나 행동을 판단하느라 굳이 노력할 필요가 없다.

기분이 좋지 않은 상태에서는 누구나 어두운 측면을 보기 마련이다. 따라서 어떤 사람이 갑자기 우울해 보이면 기분의 원리를 이해한 당신이

'저 사람은 지금 기분이 몹시 좋지 않은 것 같군' 하고 생각하라.

반면에 당신이 그러한 원리를 이해하지 못하면, 그를 비관적이거나 부정적인, 혹은 근시안적인 사람이라고 여기게 될지도 모른다. 그렇다면 당신이 대하고 있는 그가 불과 한 시간 전에는 전혀 다른 모습을 하고 있었다는 사실을 당신은 까맣게 잊어버리고 있는 것이다.

기분의 원리를 이해하지 못한 사람은 상대방이 자신에게 던진 한마디에 지나치게 심각한 반응을 보이기가 쉽다. 그러나 기분의 원리를 이해한 사람은 이러한 태도가 문제를 불러일으킬 뿐이라는 사실을 안다.

누군가로 인해 허비하는 시간이 많으면 많을수록, 당신의 기분은 그에 비례해 나빠진다. 기분이 좋지 않은 상태에서는 누가 무슨 말을 하든 불쾌하게 느껴진다. 인간관계에서 발생하는 대부분의 문제들은 상대방의 우울한 상태를 너무 심각하게 받아들이는 습관이 원인일 때가 많다.

상대방이 우울해 보인다면 그냥 내버려두는 것이 좋은 경우가 대부분이다.

상대방의 기분이 처져 있을 때 혼자 있게 내버려두는 것만으로도, 상대방이 그 상태에서 빠져나와 기분을 회복하는 데 큰 도움이 될 수 있기 때문이다.

우울할 때 사람들은 누군가가 질문을 던지거나 설득하려 드는 것을 그다지 달갑게 생각하지 않는다. 그런 식의 대응은 상대방의 우울한 기분을 더욱 부채질함으로써 오히려 문제를 악화시키기만 할뿐이다.

우울한 상태에 있는 사람들을 배려하고 이해하는 데 성공한 사람이라도, 자신의 기분이 좋지 않을 때 자신의 목소리를 경계해야 한다. 하지만 이것은 그다지 어려운 일이 아니다.

상대방의 기분이 침체되어 있다는 것을 빨리 눈치 채고 가만히 내버려 두는 것이 좋다는 것을 알고 있는 사람은, 자신의 기분이 좋지 않을 때에도 이 방법이 효과적이라는 사실을 잘 알 것이다.

　자신의 기분이 좋지 않을 때 상대방이 하는 말이나 행동들에 대해서 민감하게 받아들이지 않는 것이 좋다.

　대개 부부나 연인들은 서로 기분이 침체돼 있을 때도 각자에게 필요한 공간을 허용하지 않고, 상대방이 던지는 말 하나하나가 무슨 비수라도 되는 것처럼 민감하게 반응한다.

　하지만, 이것은 서로에게 큰 잘못을 저지르고 있는 것이다. 상대가 자신과 아무리 가까운 사람이라도 우울할 때는 서로에게 필요한 자신만의 공간을 허락해 주어야 한다. 그렇게 하는 것이 상대방의 우울한 기분을 회복시키는 데 훨씬 효과가 있으며, 서로의 관계를 지속시키는 데에도 꼭 필요하다.

　이러한 원리를 실제로 경험해 보면, 아무리 곤란한 상황도 손쉽게 회복된다는 사실에 당신은 깜짝 놀랄 것이다.

　이 원리의 열쇠는 우리 자신의 말과 행동뿐만 아니라 상대방의 말과 행동 또한 기분에 따라서 달라진다는 것을 이해하는 데에 있다.

　당신이 이러한 원리를 파악하면 이미 있는 연인을 놓아둔 채 다른 연인을 찾는 일은 없을 것이다.

　우리가 누구를 만나든, 어디에 있든 간에 수시로 바뀌는 기분에 어떻게 대처하느냐 하는 것은 대단히 중요한 문제이다.

72

스트레스는 스스로 만든
허상일 뿐이다

우리 시대의 가장 위대한 발견은 인간이 자신의 태도를 변화시킴으로써
삶을 변화시킬 수 있다는 것이다.
– 윌리엄 제임스 –

스트레스는 다른 곳에서 생기는 것이 아니라 바로 우리 몸 때문에 발생한다. 스트레스는 화학반응처럼 어떤 접점이 있을 때 문득 우리 몸 안에서 깊어지고 커진다. 하지만 커지고 난 다음에 이를 알았을 때는 이미 늦었다.

당신이 스트레스를 우리 몸 밖에 있는 것으로 생각할 때마다, 스트레스는 더욱 기승을 부린다. 당신은 존재하지도 않는 스트레스를 만들고 그 치유책을 찾기 위해 전전긍긍할 것이다. 그래서 여러 방법을 찾아보거나 끝내는 적응할 것이다.

예를 들어, 밤에 -혹은 오랜 시간- 일하는 남편과 함께 사는 것이 스트레스를 많이 받는 일이라고 생각하는 사람이 있다면, 그 상황에 적응하는 방법을 찾으려고 할 것이다. 그 사람은 남편이 직업을 바꾸도록 압력

을 가하는 데 힘을 쓸 것이다. 그러다 남편이 싫어하면 절망해서 말할 것이다.

"그렇지, 당신과 해결해야 할 문제가 있을 줄 알았어. 난 지금 당신 때문에 엄청 스트레스를 받고 있거든."

물론 이와는 다른 방법으로 스트레스의 해결책을 모색할 수도 있다. 스트레스를 유발하는 관계를 조금이라도 개선하기 위해 강의나 워크샵에 참석하거나, 책을 읽거나, 부부 문제 전문 상담원을 찾아갈 수도 있다.

어떤 전략, 어떤 대책을 세우든, 그 사람은 이미 스트레스를 존재하는 것으로 인정하기 때문에 스트레스를 유발하는 상황에 적응해야 한다는 요구 -압박감-로부터 고통을 당한다.

우리는 환경, 예를 들면 가정이나 직장에 끊임없이 의문을 제기한다. 그러나 이러한 의문의 답을 찾기 위해, 그 동안 우리가 찾은 수많은 강의와 워크샵, 책, 상담원은 사실상 스트레스를 해결할 수 있는 방법을 제시하지는 못한다. 그들은 다만 스트레스에 지친 당신을 잠시 위로해 줄 수 있을 뿐이다.

스트레스에 대한 강의와 책들은, 오히려 우리가 스트레스를 유발하는 상황에 처해 있다는 믿음을 강화시키고, 그 결과 더 많은 스트레스를 안겨 주고 있다.

우리가 스트레스에 대해 생각하면 할수록, 그 때문에 뭔가를 바꾸려고 하면 할수록 상황은 더 나빠진다. 왜냐하면 그럴수록 스트레스가 자신의 내부가 아닌 외부에 현실적으로 존재하는 어떤 것으로 확고히 인정하는 셈이 되기 때문이다.

예를 들면, 당신이 친구가 늦을 때마다 느끼는 실망에 대해 화를 내며

시시콜콜 얘기한다면, 십중팔구 당신의 친구는 방어적으로 나올 것이다. 당신의 조급함을 감지하는 순간부터 친구는 당신의 얘기를 들으려고도 반성하려고도 하지 않을 것이다. 결국 그 친구는 계속 늦거나, 어쩌면 더 늦을 수도 있다.

그러나 당신의 기분 상태에 대하여 완전한 이해를 하고 있다면, 그래서 침착하게 그 문제를 꺼낸다면, 결과는 완전히 달라질 수도 있다. 당신의 얘기를 귀담아 들어줄 적극적인 청중을 얻게 될 뿐만 아니라, 친구로부터 계속해서 존경을 받을 것이다.

73

자기의 시각만이 옳다는
생각을 버려라

성공은 천재성만으로도 이루기 힘들다.
성공하지 못한 천재는 웃음거리만 될 뿐이다.
세상은 교육받은 낙오자로 가득 차 있다.
−레이 크록−

우리는 사고 체계에 근거해서 사물을 바라본다.
즉, 우리는 이미 머릿속에 기억하고 있는 자료 중에서
진실이라고 믿는 수준에서만 환경을 해석한다.

과거를 통해 나름대로의 독특한 지식과 경험을 가지고 있기 때문에 우리는 환경에 대한 해석도 그에 따라 제각기 달리한다.

우리의 두뇌활동은 복잡한 컴퓨터 체계와도 같다. 컴퓨터는 저장되어 있는 정보에 근거해 자료를 해석한다. 우리의 두뇌활동도 이와 마찬가지이다. 우리 또한 이미 습득한 지식에 근거해 현재의 정보를 처리한다.

사람들은 현실을 바라보는 자신의 시각을 의심하지 않는다. 왜냐하면 자신의 시각이 늘 옳다고 생각하기 때문이다. 자신이 옳다는 것을 증명해 보이기 위해 끊임없이 그에 합당한 예를 만들어낸다.

이런 상태가 계속되면 우리는 절망을 하게 된다.

심한 경우에는 삶 자체가 파괴될 수도 있다. 물론 그렇다고 해서 우리의 고유한 신념이나 가치관까지 버려야 한다는 얘기는 아니다.

신념이나 가치관은 마음대로 의미를 부여하지 않는 한 그 자체로는 중립적이다.

스스로 다음의 물음들을 던져 보라.

그 동안 삶을 바라보는 자신의 시각이 더 이상 이론의 여지가 없는 진실이라고 여겨 왔는가?

그렇지 않다면, 현재 자신이 가지고 있는 신념과 가치관은 자신의 사고 체계에서 비롯된 것이라는 생각을 한 번이라도 해본 적이 있는가?

사고 체계 속에 포함된 정보가 다르다면 당신의 결론도 달라질 것이라고 진정으로 생각하는가?

당신이 자신의 시각만이 옳다고 생각하는 사람이라면 해결책은 특정한 신념이나 견해를 참과 거짓으로 판단하지 말고, 생각은 어디에서 비롯되는지, 나아가 어째서 다른 사람과 다른 시각을 가질 수밖에 없는지를 제대로 이해하는 데 있다. 이 점을 이해하면 우리가 가지고 있는 신념이나 견해 또한 계속해서 유지할 수 있다. 그렇게 되면 우리의 개인적 신념과 가치관에 대한 다른 사람들의 반대가 적의에서 비롯된 것이 아니라는 사실을 알고, 또한 그로 인해 고통 받는 일도 일어나지 않을 것이기 때문이다.

이러한 중립적인 시각을 갖는 것은 결코 쉬운 일이 아니다. 그러나 자신의 시각만이 옳다는 생각을 버린다면, 중립적인 시각을 갖는 데 커다란 도움이 될 것이다.

74

내 불행을 남의 탓으로
돌리지 마라

재능 있는 사람이 이따금 무능하게 되는 것은 성격이 우유부단하기 때문이다.
망설이기보다는 차라리 실패를 선택하라.
—B.러셀—

 대부분의 사람들은 일이 자신의 기대대로 진행되지 않을 때마다, "일이 잘못된 건 다른 누군가의 잘못 탓이다"라는 억지스런 변명을 한다.

"서류가 없어졌어. 누가 치운 게 분명해."

"차가 이상해. 정비공이 제대로 수리하지 않은 게 틀림없어."

"지출이 수입을 초과했어. 아내(혹은 남편)가 돈을 너무 많이 쓰기 때문일 거야."

"집이 엉망이야. 나만 일을 하고 있어."

"프로젝트가 늦어지고 있어. 이게 다 다른 사람들이 일을 게을리 하기 때문이야." 등등.

아주 작고 사소한 일에서부터 끔찍한 범죄 행위에 이르기까지 자신의 잘못을 흔히 남이나 환경 탓으로 돌려 버리곤 한다.

이처럼 '남의 탓'을 하는 태도는 우리 문화 전체에 만연되어 있다. 개인적인 측면에서 보면, 이런 생각은 자신의 행동이나 문제, 혹은 행복을 전적으로 자기 스스로의 책임이 아닌 것처럼, 책임질 필요가 없는 것처럼 보이도록 만든다.

사회적인 측면에서는 사소한 법정 소송의 원인이 되며, 때로는 범죄자를 풀어 주는 우스꽝스런 핑계로 악용되기도 한다.

남을 탓하는 습관은 분노, 좌절, 의기소침, 스트레스뿐 아니라, 불행한 삶까지 남의 책임으로 돌리게 만든다. 그러나 남을 원망하고 그의 잘못을 탓하기만 하는 사람은 결코 평화로운 삶에 가까워질 수 없다.

다른 사람이 일으킨 문제로 좌절하게 되는 일도 분명히 있지만, 그러한 상황에 대처하고, 마지막까지 자신의 행복을 책임져야 하는 사람은 바로 다름 아닌 자기 자신이다. 상황은 사람을 구속하지 않는다. 단지 그 사람의 됨됨이를 드러내 줄 뿐이다.

어떤 상황에서든 타인을 탓하지 않고 끝까지 책임을 지려고 노력한다는 것은, 단순히 일의 책임을 남에게 돌리지 않는다는 것만을 의미하는 것이 아니다. 그보다는 자신의 행복과 타인, 주변 상황에 적극적으로 대응한다는 의미이다.

집안이 엉망일 경우, 자기 혼자만 일을 다 한다고 투덜대기보다는 가벼운 마음으로 그것을 치우도록 하라. 수입에 비해 지출이 클 경우, 어떻게 하면 돈을 더 아낄 수 있는지 고심하라.

현재 극도로 불행하다고 느끼는 사람이라면, 오로지 자신만이 삶을 행복하게 만들 수 있는 유일한 사람이라는 사실을 깨닫는 것이 매우 중요하다.

　타인을 원망하는 데는 엄청난 양의 정신 에너지가 소모된다. 그것은 스트레스와 불편함을 낳는, '나를 끌어내리는' 사고방식에 불과할 뿐이다.

　남을 탓하기에 바쁜 사람은 자신의 인생에 대해 무력감을 느낄 수밖에 없다. 왜냐하면 결국 자신의 행복을, 타인의 행동에 좌우되는 통제 불가능한 부수적인 것으로 전락시키기 때문이다.

　행·불행의 선택의 열쇠를 쥐고 있는 사람은 다른 누구도 아닌 바로 자신임을 깨닫고, 다른 사람을 탓하는 습관을 버려야 한다. 그럴 경우, 스스로의 능력에 대한 감각을 되찾게 될 것이다. 그리고 화가 났을 때에도 자신의 감정을 스스로 조종할 수 있음을 느끼게 될 것이다.

　이것은 자신의 노력 여하에 따라 좀더 새롭고 바람직한 감정이 솟아오르도록 만들 수도 있다는 것을 암시한다.

　더 이상 타인을 책망하지 않을 때, 인생이 즐겁고 편안하게 흘러간다. 자기 주변에 대한 불평을 멈추고, 무슨 일이 일어나는지 지켜보라.

75

상대방의 순수함을 보기 위해
노력하라

사람이 사는 목적은 사랑하고 예지를 활용하며 창조해가는 것이다.
−토인비−

사람들은 자신의 신념을 정당화하고 싶어 한다.
그리고 또한 자신의 신념이나 가치관에 대한 방어적
인 자세를 가지고 있다.

그러나 상대방의 신념을 바꾸려는 의도에서가 아니라 그 사람이 가지
고 있는 삶의 관점에 대해 순수한 관심과 존경심을 가지고 접근한다면,
방어 자세는 사라지고 대신에 열린 마음이 생길 것이다.

가끔 있는 일이지만, 도저히 친해질 수 없을 것 같다고 믿었던 사람들
과 친해지는 경우가 있다.

상대방과의 개인적인 차이 때문에 절망하거나 화를 내기보다는 그 사
람을 새로운 관점에서 보도록 노력하라. 다시 말해, 자신은 물론 상대방
이 가지고 있는 순수함을 보도록 노력하라.

그러면 두 사람의 신념에 여유 공간이 생기면서 서로 새로운 이해관계를 마련함은 물론이고, 멋있고 긍정적인 느낌을 갖게 될 것이다.

우리의 머릿속에 있는 정보 또한 다른 사람들처럼 임의적인 것이다. 삶에 대한 우리의 생각, 신념, 가치관, 견해, 반응은 과거에 받아들인 정보와 자극의 산물이며, 이는 당신과 정반대의 시각을 가진 사람들도 마찬가지다.

이 점을 이해하지 못하면 사람들 간의 차이가 절망의 주된 원인이 될 수 있다. 그러나 이 점을 이해하면, 개인차는 흥미와 성장, 영감의 근원이 될 것이다.

삶에 대한 우리의 관점은 우리의 생각에서 비롯되며 반드시 현실을 반영하지 않을 수도 있다는 점을 이해할 때, 사람들은 서로 친구가 된다. 또한 우리가 사랑하는 것들에 훨씬 가까이 다가갈 수 있다. 나아가 다른 사람들에 대한 이해의 폭도 몰라보게 넓어질 것이다.

76

솔직함에 대해 올바로
이해하라

> 타협이란 하나의 케이크를 서로가 자기 것이 큰 것처럼 보이도록
> 기술적으로 가르는 예술이다.
> ─아하드─

 우리가 그 중요성을 모르고 자칫 지나치기 쉬운 것이지만, 솔직함이라는 것은 행복해지기 위해서 반드시 요구되는 마음이다.

그럼에도 불구하고 대부분의 사람들은 솔직함에 대해서 잘못 이해하고 있다.

사람들은 기분이 나쁘면 그 감정에 충실해서 화를 내거나 분노하는 것을, 그리고 슬픔과 절망에 빠졌을 때 역시 불쾌한 감정을 감추지 않고 곧이곧대로 드러내는 것을 솔직함이라고 생각한다. 하지만 이러한 솔직함은 진정한 의미의 솔직함이 아닐뿐더러, 솔직함에 대한 위험한 왜곡이기도 하다. 또한 이것은 오히려 자신의 생각 속에 빠져 있다는 증거이기도 하다.

진정한 의미의 솔직함이란 어떠한 감정 -슬픔, 분노, 기쁨 등-이 생겼을 때 그 과정을 주체적으로 파악하고, 그것을 이해하려는 마음속에서 발견되는 것이다. 그리고 이러한 솔직함만이 스스로 행복을 가져다 줄 수 있다.

솔직함이라는 것은 자신의 생각과 감정, 기분 등을 완벽하게 조절할 수 있을 때 함께 느끼는 감정이다.

솔직함은 본래의 평화로운 마음 상태를 늘 기억하고, 그것으로 돌아가고자 하는 생각의 의식적인 노력 행위이다. 그러므로 기분이 나쁠 때 화를 내는 것은 동물적인 즉각적 반응일 뿐, 행복을 위한 솔직함과는 거리가 먼 것이다.

당신의 경험을 되살려 기억해 보라. 기분이 나빠서 소리를 지르고 화를 내고 난 뒤, 금세 평화로워질 수 있었는가? 그렇지 않았을 것이다. 오히려 더 불 같은 분노에 휩싸였을 것이다.

기분이 나쁠 때 진정으로 솔직함을 이해하는 사람은 화를 내거나 분노하지 않는다. 다만 불쾌한 기분이 본래의 평정 상태로 돌아갈 수 있도록 혼란스러운 생각을 가다듬을 뿐이다. 그들은 솔직함을 자신의 의식적 행위를 찾기 위한 효율적인 기술로 사용한다.

솔직함은 마음의 상태를 들여다보는 것이지 마음의 상태를 드러내는 것이 결코 아니다.

만약 솔직함이라는 것이 후자처럼 왜곡된 의미로 이해된다면 이 세상은 자신의 감정을 곧이곧대로 표출하려는 사람들로 인해 극심한 혼란에 빠지고 말 것이다.

당신은 솔직한가? 이 물음에 대답하기 위해서는 우선 자신 본래의 마음 상태에 대해 진지한 이해와 각성을 해야 한다. 본래의 마음 상태에 대해서 이해하고 있는 사람은 이미 솔직한 사람이며, 행복에 다가설 수 있는 필요 충분한 자격 조건을 갖춘 사람이다. 솔직하지 못한 사람들은 순간적인 감정의 노예가 되어 언제나 극심한 정신의 혼돈 속에서 고통스러울 것이다.

당신은 이제 알아야 한다. 본래의 마음 상태에 대한 이해가 곧 솔직함이며, 이러한 솔직함만이 당신이 필요로 하는 행복을 선사해 줄 수 있다는 것을.

Part
5

현재의 원리

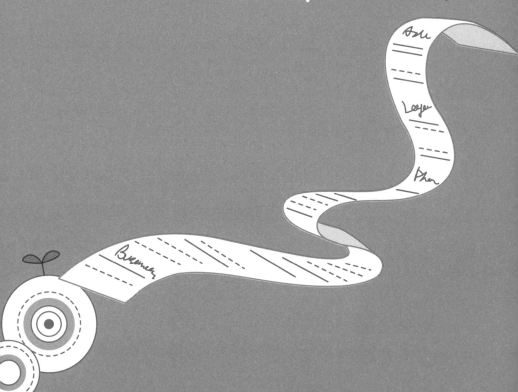

현재, 당신의 행복엔 아무런 문제가 없다

행복은 늘 우리의 마음속에 있다. 마음속에 있는 행복을 어떻게 받아들이느냐에 따라서 행복의 순간도 변할 수 있다. 현재에 대해 깊이 이해하고 인생의 순간을 음미하라. 과거도 미래도 다 하나의 꿈이다. 우리가 살아가고 있다는 것을 느끼는 것은 지금 이 순간뿐이다. 존재하는 것은 오직 현재뿐이다. 미래 또한 그때가 되면 현재에 지나지 않는다.

77

자신의 모습을 그대로 인정하라

당신의 마음과 신념체계가 바로 지금 당신이 가진 것을 결정하며,
당신의 마음이 당신을 부자로도 만들고 가난뱅이로도 만든다.
사람은 생각하는 만큼 얻게 되어 있다.
−앤드류 매튜스−

 그리스인 조르바는 자신을 '완전한 실패자'라고 자조했었다.

하지만 사실, 누구에게든 삶은 언제나 완전한 실패로 끝나는 것일지도 모른다. 다만 그렇게 되지 않기를 마음속으로 간절히 원하고 또 원할 뿐.

그럼에도 불구하고 자신이 완벽하지 못하다는 사실을 받아들이는 사람은 아주 드물다. 오히려 스스로에게든 다른 사람에게든 인정받을 수 없다고 생각되는 자신의 일부를 부인하려고만 한다.

그러나 자신의 모든 부분을 그대로 받아들이는 사람만이 자신에 대해서도 좀 더 너그러워지고, 스스로를 연민의 눈길로 바라볼 수 있다. 불안감에 떨면서도 '완전한' 척하기보다는 "조금 두렵긴 하지만, 곧 괜찮아

질 거야" 하며 자신의 불완전함을 스스럼없이 받아들여야 비로소 세상 속으로 당당히 걸어 들어갈 수 있는 것이다.

자신의 내부에서 일어나는 질투심이나 탐욕, 분노와 같은 '바람직하지 않은' 감정을 부인하거나 마음속에 묻으려 하지 말고 솔직하게 들어내 놓고 인정하자.

그것만이 자신을 얽매는 나쁜 감정들로부터 벗어나 성장으로 한 걸음 나아갈 수 있는 길이다.

즉, 부정적인 감정을 자신을 망칠 수도 있는 대단하거나 두려운 존재로 생각하지 않을 때에야 비로소 그것들을 겁내는 일이 없어지게 된다는 것이다.

잘난 부분, 못난 부분, 아름다운 마음씨, 추악한 욕심, 그것이 어떤 것이든 간에 자신을 이루고 있는 모든 부분에 대해 열린 태도를 취하자. 그러면 더 이상 흠 잡을 데 없는 사람처럼 행동하거나 완벽한 사람이 되는 것을 바라지 않고 자신을 현재의 모습 그대로 받아들일 수 있게 될 것이다.

부정적인 면들과 함께, 그동안 신뢰하지 않았거나 깨닫지 못했던 자신의 긍정적이고 놀라운 면을 알아차릴 수 있는 것도 이 방법을 통해 얻을 수 있는 효과이다.

사람들은 대개 마음속에 사리사욕을 품고 행동하지만, 때로는 믿을 수 없을 만큼 이타적으로 행동하기도 한다. 간혹 불안해하고 두려움에 떨기도 하지만, 대부분의 경우 용감하게 행동한다. 초조함에 쫓기지만 동시에 무척 느긋해질 수도 있다.

자신의 모습 그대로를 열린 마음으로 대하는 것은 "난 그다지 완벽한

인간이 아니지만, 나는 지금 이대로의 내 모습을 사랑해" 하고 말하는 데
서부터 시작된다.

그러다 보면 마음 한구석에서 부정적인 성향이 삐죽 고개를 내밀더라
도, 그것은 단지 자신을 이루고 있는 커다란 그림의 한 조각일 뿐임을 깨
달을 수 있다.

그러니, 자신의 부정적인 면을 부끄러워하고 매일같이 그 결함을 숨기
기 위해 절망적인 노력을 기울이기보다는 사랑과 호의, 넓은 아량으로
스스로를 대하자.

어쩌면 실제로 '완전한 실패작'인 사람도, 그 사실을 그대로 받아들이
고 나면 삶에 대해 느긋해질 수 있을 것이다.

78

오늘이 평생을 통해 가장
좋은 날이라고 생각하라

사람을 미치광이로 몰아넣는 것은 오늘의 경험이 아니다.
그것은 어제의 사건에 대한 회한이며 내일 일어날지도 모르는
일에 대한 두려움이다.
– 로버트 존스버데트 –

 '순간을 즐기며 살아라' 하는 이야기는 오랜 세월 동안 수없이 되풀이되어 왔다. 실제로 역사상의 내로라하는 영적인 선각자들은 하나같이 삶에 대한 이러한 해결책을 제시해 왔다.

사실 이 문제는 좀 더 행복한 삶을 살기 위한 가장 오래되고도 현명한 방법 중의 하나일 수 있다. 그러나 이를 아무리 강조해도 일상생활에서 이 중요한 원리를 실천하며 사는 사람은 거의 없는 듯하다.

장래의 일을 준비하고 대비하라, 뒷일을 생각해서 신중하게 처신하라. 퇴직 후의 계획을 미리부터 세워라 등의 말들에서 보듯 우리는 끊임없이 미래를 위해 현재를 희생하도록 길들여져왔다.

이렇게 된 이유는 아마도 '순간을 즐기며 살자' 라는 지극히 단순해 보

이는 이 문장의 개념이 너무 모호한 데 그 원인이 있지 않나 싶다. 왜냐하면 미숙한 마음은 못된 강아지와 같기 때문이다.

강아지는 자기가 어디로 가고 있는지 미처 의식하지 못하는 사이에 옆길로 새다가 곧이어 길을 잃고 만다 -우리의 생각처럼-. 설령 자신의 과거에 대한 이해를 통해 현재의 삶에 대한 통찰력을 얻을 수 있다 하더라도, 그렇게 하는 데에는 한계가 있게 마련이다.

당신의 관심을 이같이 과거에만 혹은 미래에만 국한시키다 보면 깨기 어려운 만성 습관으로 굳어진다. 뒤를 향하고 있든 앞을 향하고 있든 결과는 똑같다. 결국 현재를 내던지고 있는 것이다.

관심을 주로 현재에 쏟으면 현재를 지혜롭게 살 수 있다. 현재의 순간에 초점을 맞추면, 만족감을 얻을 수 있다. 즉 자신의 감정을 억제하거나 부정하지 않게 된다. 순수하고 지속적인 만족과 행복을 경험하려면 현재 속에서 사는 법을 터득해야 한다. 과거의 경험이나 현재 처한 상황이 어떻든 현재와 더불어 사는 법을 배우지 않고서는, 과거를 아무리 분석하고 미래에 대해 숙고한다 하더라도 결코 행복해질 수 없다.

현재에서 벗어난 마음은 근심과 불안, 후회, 죄책감을 키우는 척박한 토양과 같다. 물론, 그렇다고 해서 삶의 모든 순간을 현재의 순간에 바쳐야 한다는 말은 아니다. 현재는 그만큼 중요하다는 말이다.

우리 삶에서 가장 무익한 감정이 두 가지 있다. 첫째는 이미 저지른 일에 대해 자책하는 것이고, 둘째는 지금부터 할 일에 대해 두려워하는 것이다.

과거에 대한 자책 때문에 마음이 아프고, 또 미래에 닥쳐올 일 때문에 불안하고 괴로울 때가 있다면, 생활이라는 것은 오직 현재 속에서만 존재한다는 사실을 명심하라. 당신이 현재 생활에 전력을 기울일 때, 과거의 괴로움도 미래의 불안도 다 사라져 버릴 것이다.

과거도 미래도 다 하나의 꿈이다. 우리가 살아가고 있다는 것을 느끼는 것은 지금 이 순간뿐이다. 존재하는 것은 오직 현재뿐이다. 미래도 또한 그때가 되면 현재에 지나지 않는다.

현재에 대해 깊이 이해하고 인생의 순간을 음미하라. 매순간 충실하고 지나간 과거나 머지않아 찾아올 미래를 외면하는 것이 좋다. 무엇인가를 원하고, 기대하고, 그러다가 결국에 후회하는 등의 행위는 현재를 회피하는 가장 일반적이고도 위험한 자기기만이라는 사실을 명심하라.

오늘이 평생을 통해서 가장 좋은 날이라는 것을 마음속 깊이 새겨 두도록 하라. 우리들이 지금 하고 있는 일 이외의 것들은 모두 그다지 중요한 것이 못 된다는 것을 명심하라.

79

지금 내가 '갖고 있는' 것을
소중하게 생각하라

돈이 있어도 이상이 없는 사람은 몰락의 길을 밟는다.
—도스토예프스키—

 10여 년 넘게 스트레스 치유 상담가로 일해 오는 동안, 나는 대부분의 사람들이 현재 자신이 가진 것보다는 원하는 것에 초점을 맞추는, 결코 바람직하지 않은 습성을 가지고 있다는 것을 알았다.

사람들은 현재 갖고 있는 것이 언제나 이전과 별로 차이가 없다고 생각한다. 따라서 매일 자신의 '욕망'의 명단에 새로운 목록을 채워 넣는다. 바로 이것이 우리가 만족스럽지 못한 채로 살게 만드는 주범이다.

'이것만 바라는 대로 되면 나는 행복해질 거야'라는 사고 방식을 가진 사람은, 일단 욕구가 충족되더라도 또 다른 것을 찾아 계속 이런 생각을 반복하기 마련이다.

한 친구가 어느 일요일에 새 집에 대한 계약을 맺기로 했다며 자랑을 늘어놓았다. 그런데 얼마 되지 않아 그를 다시 봤을 때 그는 더 큰 새 집에 대해 얘기하고 있었다! 우리는 이런 일을 주위에서 흔히 접한다. 그러나 이것이 비단 그만의 일이라고 말할 수 있을까? 아니다. 우리들 대다수는 그와 똑같은 일을 한다. 계속해서 새로운 것을 좇고, 원하는 것을 얻지 못할 경우에는 줄곧 그것에 대해서만 생각한다.

그러나 원하는 것을 얻게 되는 경우에도 결코 그것에 만족하지 못하고, 또 다른 상황 속에서 동일한 생각을 반복하게 될 뿐이다. 결국 우리는 언제나 불행한 상태에 놓여 있게 된다.

행복은, 항상 새로운 것을 바라고 갈망하는 사람에게는 쉽게 찾아오지 않는다. 하지만 다행히도, 행복해질 수 있는 길이 있다.

그것은 관심의 초점을 원하는 것으로부터 현재 가지고 있는 것으로 돌리는 것이다.

아내 혹은 남편의 다른 모습을 기대하기보다는 그들이 가진 놀라운 자질에 대해서 생각하려고 노력해 보라. 봉급이 적다고 불평하기보다는 일자리를 갖고 있다는 사실 자체에 감사하라. 하와이에서의 휴가를 꿈꾸기보다는 집 근처로 떠나는 것만으로도 얼마나 즐거울지 상상해 보라. 우리 가까운 곳에서도 실현 가능한 것들의 목록은 끝이 없다!

"내가 원하던 인생은 이게 아니야. 나는 인생이 지금과 달라지기를 원해" 하고 자신을 불행의 구렁텅이로 몰아넣는 생각이 들 때마다 한 발 물러서는 것이 중요하다.

잠시 심호흡을 하고, 지금 자신에게 없는 것이 아니라 주어진 것이 무엇인지, 감사하는 마음으로 떠올려 보라.

아내의 쾌활한 미소와 같은 좋은 면에 초점을 맞출 경우, 그녀는 더 큰 사랑으로 당신의 마음을 기쁘게 해줄 것이다. 일도 마찬가지다. 어려움에 대해 불평하기보다 일할 수 있음에 감사할 때 좀 더 나은 직위를 얻게 되고, 더 생산적으로 일하게 되며, 결국에는 봉급 또한 인상될 것이다.

이루지도 못할 하와이에서의 즐거운 시간을 기대하는 대신, 집 근처에서 즐기는 휴가에 초점을 맞추고 알차게 준비하면 오히려 더 재미있는 시간을 보낼 수 있다.

어쩌면 하와이에 가는 꿈은, 눈앞에 펼쳐진 인생 자체를 즐기는 습관에 익숙해져 있을 때 자연스럽게 이루어질 수도 있다. 설사 그곳에 가지 못하게 된다 하더라도 어찌 됐든 멋진 삶을 누리게 될 것이다.

자신이 가진 것이 무엇인지 확인하기 위해 메모를 직접 작성해 보는 것도 좋은 방법이다. 목록을 하나하나 적어 나가다 보면, 자신의 삶이 이전보다 훨씬 나아 보이기 시작한다. 어쩌면 난생 처음으로 만족이 무엇인지 알게 될 지도 모른다.

80

현재의 습관이 미래를
결정한다

미래는 현재에 의해서 얻어진다.
−새뮤얼 존슨−

 우리는 저마다 각기 다른 습관을 가지고 있다. 저마다의 습관은 생활의 작은 부분에서부터 타인을 대하는 방식에 이르기까지 매우 다양하다.

그러나 그 동안 이러한 습관들을 그저 단순한 습관에 불과하다고 생각하고 신경 쓰지 않고 있었다면, 당신은 큰 실수를 하고 있었던 것이다.

우리가 매일 되풀이하는 습관은 개개인의 인생행로를 결정하는, 가장 정신적이면서도 구체적인 기본 원리 중 하나이다. 다시 말해, 그것이 무엇이든 현재 가장 습관적으로 하는 일이 우리의 미래를 결정짓는다는 것이다.

인생이 뜻대로 풀리지 않을 때마다 초조해하고, 사람들의 비판에 대해 공격적이거나 방어적인 자세를 취하며, 항상 자신이 옳다고 주장하거나, 불운한 상황을 실제보다 훨씬 더 비관적인 눈길로 바라보고, 인생이 위급 상황인 양 행동하는 습관에 젖어 있다면, 우리의 삶 역시 이러한 습관의 반영물이 되고 말 것이다.

다시 말해, 실패하고 좌절하는 연습을 하기 때문에 결국 좌절하고 말 것이라는 이야기다. 이와 마찬가지로, 훈련을 통해서 자신에게 숨겨져 있는 연민과 인내력, 친절, 겸손, 그리고 평화라는 더없이 긍정적인 자질을 끌어낼 수도 있다.

나는 평소에 인간은 훈련을 통해서만 완벽에 가까운 인간이 될 수 있다고 생각해 왔다. 그렇기 때문에 매일 자신의 현재 습관에 주의를 기울여야 한다고 생각한다. 즉, 현재의 순간에 자신의 내적, 외적 습관을 항상 의식하는 것이 삶에 큰 도움이 된다.

만약 당신이 직장인이라고 가정해 보자. 어쩌면 당신은 하루 종일 일과에 시달리고 난 후 집에 돌아와 시시껄렁한 텔레비전 프로그램만 보다가 잠을 청하는 생활 습관을 가지고 있을지도 모른다.

그러나 당신이 만약 퇴근 후에 자신의 마음을 살찌우는 데 도움이 되는 책을 읽거나 외국어 공부를 하는 습관을 들인다면, 당신의 미래는 어떻게 달라질 수 있을지 한번 생각해 보라. 아마 당신의 미래는 현재보다 훨씬 희망적이리라.

그렇다고 당신에게 인생 전체를 원하는 계획으로 가득 채우고 목표 달성을 향해 항상 자신을 채찍질해야 한다는 것은 결코 아니다. 다만, 자신의 현재의 생활 습관이 자신의 삶에 큰 도움이 된다는 사실을 염두에 두고 생활해야 한다는 것이다.

지금 자신의 관심이 어디에 있는지, 어떻게 시간을 보내는 것이 좋을

지, 자신이 기대해 온 인생이 실제 자신의 인생과 일치하는지 하는 질문들을 자신에게 자주 던져 보는 것이 좋다. 그에 대한 자신의 대답이 최대한 정직해야 함은 물론이다.

하루에 한 번씩이라도 시간을 내서 위와 같은 질문을 자신에게 던져 보도록 하라. 그리고 이러한 일이 자신의 미래를 결정짓는다는 점을 명심하라.

그렇게 되면 당신은 이전과는 차원이 다른 일들을 시작하고 있는 자신을 발견하게 될 것이다.

81
과거는 이미 지나간
기억일 뿐이다

성공의 비결은 목적의 불변에 있다. 하나의 목표를 가지고
꾸준히 나아간다면 성공한다. 그러나 사람들이 성공하지 못하는 것은
처음부터 끝까지 한길로 나가지 않았기 때문이다.
−벤자민 디즈레일리−

 바다 한복판에 떠 있는 배를 타고 있는 자신을 상상
하면서 다음 세 가지 질문을 던져 보자.

첫째, 배가 지나간 자국은 무엇인가? 그리고 둘째,
배를 움직이는 힘은 무엇인가? 마지막으로, 배가 지나간 자국이 배를 움
직일 수 있는가?

우선 첫째 질문의 답은 배가 앞으로 나아갈 때 뒤에 남겨지는 물의 흔
적이다. 그리고 둘째 질문의 답은 엔진의 현재 에너지이다. 다시 말해,
어제의 에너지도 내일의 에너지도 아닌 배가 움직인 그 순간에 형성된
에너지이다. 마지막 질문의 답은 물론 '그렇지 않다' 이다. 배가 지나간
자국은 아무런 힘이 없다. 과거의 에너지에 의해 형성된 자국은 현재에
는 아무런 힘을 발휘할 수 없다. 자국은 그저 자국일 뿐이다.

이 세 가지 질문과 답을 당신의 삶에 어떻게 적용시키느냐 하는 문제는 우리가 추구하는 행복과 꿈을 이해하는 데 아주 중요하다.

많은 사람들이 과거가 마치 자신들의 삶을 움직이는 힘이라도 되는 것처럼 생각하고 있다. 그러나 배가 지나간 자국이 그렇듯이, 당신의 과거 역시 아무런 힘을 발휘할 수 없다.

과거에 일어난 일과 우리가 어렸을 때 마주친 도전들은 정말 일어났으며, 당신이 그러한 도전들과 맞서야 했던 것은 틀림없는 사실이다.

과거의 일이 삶을 바라보는 당신의 현재 시각에 영향을 주었다는 것 또한 사실이다. 그러나 그것이 전부이다. 과거는 실은 우리의 생각 속에 존재할 뿐이지, 그 이상도 그 이하도 아니다. 실제로 과거는 모두 생각일 뿐이다. 다시 말해, 기억일 뿐이다. 물론, 과거를 무시한다고 해도 우리의 과거가 축소되거나 일어나지 않았던 일이 되는 것은 아니다. 그러나 현재와는 달리 아무리 괴로운 과거의 기억이라고 해도 현재의 우리에게 실제적으로 상처를 입히지는 못한다.

과거를 단지 해롭지 않은 기억으로 보면, 마음속에 떠오르는 생각들을 일일이 좇아가야 하는 강박 관념에서 벗어나 현재의 순간에 관심을 집중시킬 수 있다.

과거는 분석하고 맞서 싸워야 할 실체가 아니라, 스쳐 지나가는, 그리고 해로울 것 없는 기억일 뿐이라고 생각하라. 매일 수백 가지씩 떠오르는 과거에 대한 좋지 않은 기억들을 금방 떨쳐 버릴 수 있을 것이다.

82

관심을 현재로 돌려라

 생각의 원리를 이해하게 되면 우리에게 실제로 일어나는 것보다, 거꾸로 우리가 만들어 내는 것이 더 중요하다는 것을 알 수 있다.

생각을 어느 순간 당신에게 불리하게 작용할 수도, 혹은 유리하게 작용할 수도 있는 능력이라고 한다면, 생각 때문에 겁을 집어먹거나 짜증을 내는 일이 줄어들 것이다. 다시 말해, 한 걸음 물러서서 생각을 대하게 될 것이다.

이렇게 물러서서 대할 수 있으면, 생각이 의식에 들어오는 순간, 생각에 집착할지, 혹은 그냥 내버려둘지는 전적으로 당신에게 달려 있다.

이런 식으로 자신을 단련시키다 보면, 현재의 순간에 남아 있기가 훨씬 쉬워질 것이다.

그렇게 되면 당신의 마음은 그 내용이 무엇이든 간에 생각을 중요하게 여기지 않을 것이다.

당신의 생각이 현재의 순간에서 멀리 떨어져 있으면, 어린 시절의 일이든 오늘 아침의 일이든 간에, 당신은 생각을 통해 자신의 과거를 재창조할 수 있다.

생각이란 바로 당신이 만들어낸 것임을, 다시 말해 생각을 하는 사람은 바로 당신 자신이라는 사실을 의식하고 있으면, 관심을 현재로 되돌려 슬픔이나 분노, 피해의식에서 벗어날 수 있다.

가령 어떤 생각이 마음속에 떠올랐다 하더라도, 그런 생각이 떠오른 데에는 무슨 중요한 이유가 있는 것이 틀림없다고 단정하면서 그 속에 갇히거나 하는 일은 없을 것이다. 대신, 과거에 대한 생각들은 예약된 기억일 뿐이라는 점을 떠올릴 것이다. 꿈이 그렇듯 기억 또한 당신의 머릿속을 스쳐 지나가는 생각일 뿐이다. 따라서 심각하게 고민할 필요가 없다.

하나의 생각이 우리에게 해를 입히려면, 우리가 거기에 중요성을 부여할 때만 가능하다. 당신이 거기에 중요성을 부여하지 않으면, 당신은 자신에게 절대로 해를 입힐 수가 없다.

생각을 하는 우리 자신의 동의 없이는 생각이 우리에게 아무런 해도 끼칠 수 없다는 사실을 알고 있는 한, 우리는 현재의 삶을 우선적으로 살아갈 수 있다. 다시 말해 마음속에 떠오르는 생각들 때문에 피해 의식이나 패배 의식을 느끼는 대신, 한걸음 물러서서 자신의 생각을 대할 수 있을 것이다.

생각이 당신의 의식 속으로 들어가는 순간 거기에 관심을 기울이면서 심각하게 받아들이고 반응할지, 아니면 생각은 생각대로 내버려둔 채 남은 하루를 계속 영위해 나갈지는 오로지 당신이 결정할 문제이다.

생각이란 우리의 의식이 가지고 있는 하나의 기능일 뿐, 다시 말해 우리 인간이 가지고 있는 하나의 능력일 뿐, 그 이상으로 부풀려질 필요가 전혀 없다는 사실을 잊지 않으면 생각의 파괴적인 효과는 발생하지 않는다.

이 점을 명심할 때 감정을 결정하는 것은 우리를 둘러싼 환경이 아니라, 당신 생각이라는 사실을 깨닫게 될 것이다. 이러한 깨달음은 자신의 생각이나 기분 등 심리 상태에 세심한 주의를 기울여야 한다는 강박 관념을 없애고 현재를 살아갈 자신감을 부여해 준다.

생각의 원리를 이해하지 못하는 사람들도 이와 매우 유사한 환경을 경험했을 수도 있으나, 당신이 만족을 느끼는 것과는 정반대로 자신이 처한 힘든 상황에 대해 절망감과 분노를 느낄 수도 있다.

이처럼 우리의 생각에 대해 이해하는 사람은, 거기에 집착하지 않고 현재의 삶에 좀 더 충실해질 수가 있다. 그런 상태가 되면 우리의 마음이 근심과 걱정을 향해 질주하더라도, 혹은 후회와 지나간 상처를 되씹는 쪽으로 후퇴하게 되더라도, 우리의 마음을 적극적으로 관찰하면서 관심을 현재로 돌리도록 조절할 수 있다.

충만한 느낌을 회복하기 위해서는 우리의 관심을 현재로 되돌려야 한다는 점을 명심하고, 우리의 생각을 좀 더 먼 거리에서 바라보아야만 한다.

83

현재에 사는 법을 배워라

성공의 비결은 어떤 직업에 있든 간에
그 분야에서 제1인자가 되려고 하는 데에 있다.
─카네기─

 생각에 장애가 일어나거나 부정적인 생각이 우리에게 영향을 미치면 자신에게 미친 생각의 영향에 대해 우리의 감정은 한 치의 오차도 없이 정확하게 이야기해 준다. 뿐만 아니라 감정은 우리의 마음이 현재의 순간에서 벗어나는 순간도 우리에게 알려준다.

짜증이나 화가 났을 때, 혹은 절망했을 때 우리의 생각은 현재에서 벗어나 방황한다. 이럴 때일수록 자신의 생각이 어디에 위치하고 있는지를 빨리 파악해야 한다.

그럴 경우 십중팔구 당신은 자신이 그날 했던 일이나 앞으로 해야 할 일, 또는 이미 일어났거나 일어날 수 있는 기분 나쁜 일에 대한 생각을 하고 있을 것이다.

이처럼 우리가 좋지 않은 기분에 빠져 있을 때 우리의 생각은 현재에서 벗어나 있는 경우가 대부분이다. 그러나 생각과는 달리 그 순간 현재는 매우 평화로운 상태일지도 모른다.

잠시 지금 읽고 있는 이 책에서 눈을 떼고, 자신이 지금 어디에 있으며 무엇을 하고 있는 지 생각해 보라. 당신은 당신이 직접 고른 책을 읽던 중이었다. 당신은 아마도 지금 의자에 앉아 있거나, 아니면 침대에 누워 있을 것이다. 그리고 당신은 현재 기분이 매우 편안한 상태일 것이다.

이번에는 오늘 안으로 또는 내일까지 처리해야 할 일들을 떠올려 보거나, 기억하고 싶지 않은 과거의 일들을 떠올려 보라. 그리고 어떤 일이 일어나는지 관찰해 보라. 아마도 당신은 갑자기 몹시 불쾌한 기분에 휩싸여 있을 것이다.

지금까지 당신 마음의 평화는 다름 아닌 당신 자신의 생각 때문에 방해를 받아 왔다. 미래나 과거의 걱정거리에 대해 생각하면 할수록, 그만큼 당신은 혼란과 절망을 느낄 수밖에 없다.

이 간단한 행위만으로도 생각이 당신의 감정에 얼마나 강한 영향력을 발휘하는지 알 수 있다. 생각은 우리 자신을 현재의 평화로운 상태에서 혼란스러운 상태로 그야말로 순식간에 옮겨 놓을 수 있다.

이러한 정신의 불순한 공격에 대응하려면 골치 아픈 문제와 마감 시간, 혹은 오래된 상처나 실패를 향해 치닫는 자신의 마음에 대해 잘 알고 있어야 한다.

그렇다고 해서 문제가 없는 척, 혹은 없었던 척할 필요는 없다. 다만 당신의 생각이 보통 어떤 경우에 이러한 상태에 빠져드는가 하는 것을 파악하고 있으면 된다.

그러면 골치 아픈 문제들에 휩싸여 있더라도 자신의 생각이 다시 현재로 돌아오도록 인도할 수 있다. 또한 이 순간 외부에 존재하는 삶의 대부분이 자신의 상상과 생각의 일부에 지나지 않는다는 사실을 알게 될 것이다.

현재에 사는 법을 배운다는 것은 난생 처음으로 자동차 바퀴를 자세히 들여다보는 것과 같다. 그 이후부터 자동차가 당신을 어디로 데려가는가 하는 것은 오직 당신만이 결정할 수 있는 문제이다.

현재에 살아가는 데 익숙해질수록, 매순간 자신의 삶의 경험이 어떻게 될지를 결정하는 능력도 그에 비례해 차곡차곡 쌓일 것이다.

항상 자신의 감정에 주목하자. 당신이 느끼는 감정은 당신을 돕기 위해 있다. 다시 말해, 감정은 당신의 친구이다. 고립된 느낌이 들 때마다 이 점을 명심하자.

아울러 자신의 생각을 관찰하도록 하자. 현재 당신의 생각은 어디에 있는가? 당신의 생각이 지금 현재에 없다면, 자신을 몰아세우거나 자신의 생각을 너무 자세히 해부하려 하지 말고 그저 관심을 현재로 되돌려 놓기만 하라. 그렇게 하는 것이 어떤 다른 방법보다도 기분을 전환하는 효과적인 길이다.

생각이 당신을 행복으로부터 멀리 떼어놓게 하지 마라.

84

잘못된 습관을 인정하라

현재의 견해가 이해를 기초로 하고 있으며,
현재의 행동이 사회적인 복지를 위한 것이고,
현재의 마음이 모든 사물에 대해서 만족하고 있으면,
그것으로 충분하다.
– 아우렐리우스 –

 습관은 판단력과 같은 당신의 이성적 능력을 교란
시키는 무서운 적이다. 습관은 생각의 정체를 유발하
는데 그 때문에 사람들이 행복에 대한 올바른 이해를
하는 것을 방해한다.

불행해지는 데에는 수많은 원인이 있지만 잘못된 습관도 무시하지 못
할 불행의 원인 중 하나이다.

모든 습관은 대개가 비슷한 방식으로 만들어지기 때문에, 사람들 개
개인의 구체적인 습관이 어떤 것인지는 그다지 중요하지 않다. 그보다는
어디에서 오며, 당신의 삶에서 고통의 원인인 습관을 없애는 가장 효과
적인 방법이 무엇인지를 찾는 것이 더욱 중요하다.

습관에 얽매인 사람은 유연한 생각을 할 수 없다. 자신이 알고 있는 사

실에만 집착해서 새로운 진실을 받아들이지 못한다. 새로운 진실이 나타나면 오히려 방어적이고 적대적으로 된다.

이처럼 착각과 오해는 습관에 젖어 있는 사람들의 만성적인 병폐로 작용한다.

행복을 지속적으로 느끼기 위해서는 끊임없는 자기 회의와 자기 부정이 필요하다. 하지만 습관에 젖어 있는 사람들에게 그러한 것들을 요구하기는 매우 어렵다. 왜냐하면 습관에 젖어 있는 사람들은 한결같이 이미 자신들이 나름대로의 방식으로 행복을 얻었다고 굳게 확신하고 있기 때문이다.

당신이 진정으로 행복해지기 위해서는 자기 자신의 행동을 유심히 살펴볼 필요가 있다. 그러면 당신도 모르는 사이에 습관으로 굳어진 여러 가지 행동들이 관찰될 것이다.

예를 들면, 당신은 항상 실패를 두려워하는 습관에 젖어 있을지도 모른다. 아니면 늘 먼저 질문하거나, 절대로 발표하지 않는 습관에 젖어 있을지도 모른다.

그밖에도 당신이 습관으로 가지고 있을 잘못된 행동들은 아주 많이 있다. 언제나 주위 사람의 관심과 사랑을 확인하고 싶어 할 수도 있고, 남 험담하기를 좋아하는 습관을 가지고 있을 수도 있다. 또한 징크스나 미신을 맹신하는 습관을 가지고 있을 수도 있다.

물론, 당신은 처음부터 그러한 것들이 잘못된 습관이라고 인정하지는 않을 것이다. 하지만 그것들이 명백하게 당신의 행복을 가로막고 있다는 사실을 알면, 당신은 그것들을 버려야 한다는 결론을 내릴 수밖에 없을 것이다.

습관은 근본적으로 자기 마음의 본질을 제대로 이해하지 못하는 데에서 온다. 마음의 본질을 이해하면 어떤 상황에서든 균형 잡힌 객관성을 유지할 수 있다.

상황이 매우 어려울 때 당신은, 흔히 외부의 도움으로 긍정적인 감정을 회복하려고 한다. 이러한 태도들은 바로 나쁜 습관으로 발전한다. 만족스런 마음 상태를 알코올, 약물, 담배, 음식, 운동, 도박, 섹스. 일 등으로 대체하는 것이다. 논쟁, 싸움, 자기입증, 동의 구하기 등은 좀 더 미묘한 형태의 습관이다.

습관은 과장된 행복의 모습을 일시적으로 보여 줄 뿐, 행복의 본질과는 거리가 멀다.

당신은 먼저 당신이 잘못된 습관에 빠져 있다는 것을 인정해야 한다. 그리고 그것들을 버려야만 행복에 이를 수 있다는 사실을 기억해야 한다.

85

상처를 치유하는 것은
시간이 아니다

시간 속에는 절망과 희망의 두 가지 물결이 있다.
– 톨스토이 –

 당면한 문제를 해결하는 방법으로 사람들은 주로 시간이 흐르기를 기다린다. 실제로 우리는 '시간은 모든 상처를 치유해 준다' 는 믿음에 대한 교육을 받아 왔다.

이런 믿음이 부분적으로는 사실일지 몰라도, 시간의 흐름이 뜻하는 진정한 의미를 이해하지 않고서는 그런 믿음은 정작 어떤 문제와 마주쳤을 때 아무런 도움이 되지 못한다. 그러나 일단 시간의 가치를 제대로 이해하고 나면 고통스런 경험을 극복하기까지 시간을 엄청나게 절약할 수 있다.

열 명의 사람이 똑같은 상황을 경험했더라도 정신적인 충격에서 벗어나는 시간은 각자 다르다. 만약 열 명의 사람들이 은행에 갔을 때 강도가 은행에 침입한 일이 있었다고 가정해 보자. 그리고 그들이 은행에 갇혀 있었을 때, 그들 중 강도를 당한 사람은 아무도 없었지만, 범인들이 은행 금고에서 돈을 훔치는 동안 위협을 받았다고 가정해 보자.

열 명 중 일부 -아마 극소수일 것이다-는 이 불행한 사건을 불운 탓으로 돌리며 경찰서에 가서 진술한 뒤 다시 일상으로 돌아갈 것이다. 그리고 아무 해도 입지 않았다는 사실에 대해 감사할 것이다.

또 다른 일부는 며칠 혹은 몇 주 동안 공포감에 시달릴 것이다. 그리고 그 때문에 일이나 일상적인 활동을 하지 못하고 당분간 휴식을 취해야 할 것이다. 사건을 잊지 못하고는 자신의 계속되는 불안감의 원인이 그 사건이라고 믿는 사람도 있을 것이다. 이런 사람들의 경우, 정상으로 돌아가는 데 몇 년이 걸릴 수도 있다. 아마 이들은 사건에 대해 얘기하고, 관심을 집중시키고, 거기에 대해 생각하고, 밤에도 뜬눈으로 지새면서, 심하면 정신과 의사에게 도움을 청하기도 할 것이다. 그리고 이 사람들은 "이런 정신적인 충격을 극복하는 데에는 오랜 시간이 걸린다."고 말할 것이다.

이렇게 어떤 사람들은 그저 재수 없는 사건으로 치부해 버리는가 하면, 어떤 사람들은 거기에 대해 생각을 곱씹으면서 자신들의 삶을 멈추고 고정시키는 핑계로 사용하는 이유는 무엇일까?

그 답은 아주 간단하다. 어떤 사람들은 기억과 생각의 본질이 무엇인지 잘 이해하고 있지만, 어떤 사람들은 그렇지 못하기 때문이다.

어떤 사람들은 우리가 어떠한 생각을 할 때 생각하는 대상이 과거의 일이든 미래의 일이든 상관없이, 생각이 마치 지금 당장 일어나고 있는 것처럼 그것에 생명을 부여한다는 사실을 알고 있다. 우리의 생각이 구체성을 띨수록 상황은 정말 현실처럼 보인다.

시간의 흐름이 문제를 잊어버리는 데는 도움이 되겠지만, 극복하는 데 도움이 된다는 말은 전혀 타당성이 없다. 왜냐하면 아무리 시간이 많이 지나더라도 모든 것을 잊을 수는 없기 때문이다.

8년 전에 일어났든 8분 전에 일어났든 그 일에 대한 기억은 그저 기억일 뿐이라고 생각하라.

시간의 경과가 결정적인 요소라면, 모든 사람이 같은 시간 내에 문제를 극복했을 것이다.

이러한 이해는 현실적으로 시사 하는 바가 크다. 어떤 상황에서 벗어나기 위해 시간의 흐름이 상처를 치유해 주기를 바란다고 해도, 시간이 얼마나 걸리는지를 결정하는 것은 자기 자신에게 달려 있다는 것을 이제 이해할 수 있을 것이다.

예를 들어 우리가 누군가와 싸우고 난 후 화해하는 문제는, 시간의 경과와 우리가 생각하는 것만큼 큰 관련이 없다. 언쟁을 극복하는데 보통 일주일이 걸린다면, 싸우고 나서 일주일 후에야 우리가 그 사건에 대한 생각을 멈춘다는 의미로 해석할 수 있다.

그러나 실제 사건은 끝나고 지금은 우리 머릿속에서만 계속 되기 때문에, 우리가 원한다면 싸움이 끝나고 십 분 후라도 그 일에 대한 생각을 멈출 수 있다.

긍정적인 마음 상태에서 살아가는 것이 얼마나 멋있는 경험인지를 깨닫고 나면, 부정적인 생각에 매달리는 일은 점점 매력을 잃게 될 것이다.

86

행복은 현재,
당신 마음속에 있다

먼저 나 자신 속의 평화를 지켜라.
그러면 다른 사람들에게도 평화를 가져다 줄 수 있다.
– 토마스 아 켐피스 –

 행복은 환경이 아니라 마음의 상태다. 그러므로 행복은 먼 곳에서 찾을 필요가 없는, 당신이 늘 경험할 수 있는 지극히 평화스러운 평상시의 감정이다. 그러나 찾고자 하면 찾을 수 없는 것이 행복이다. 왜냐하면 그렇게 생각하는 순간, 당신은 행복이 당신의 바깥에 존재하는 것이라고 인정하는 것이 되기 때문이다.

행복은 당신의 외부에 있지 않다. 당신의 환경이 비록 완벽과는 거리가 멀다 하더라도 당신은 여전히 만족감을 느낄 수 있다. 왜냐하면 만족감은 외부에서가 아니라 당신의 내부에서 오기 때문이다. 그러나 자신의 생각을 이해하지 못한다면 환경이 아무리 좋더라도 당신은 행복해질 수 없다. 당신이 당신의 생각을 여전히 오래 한다면, 과거에도 그랬듯이 부정적인 생각에만 골몰하면서 당신의 생각이 만들어내는 고통에 시달리며 살 것이다.

행복은 현재에 있다. 행복은 원래 존재한다. 행복은 걱정과 문제에 관심을 쏟지 않고, 마음을 편히 쉬게 할 때 자연스럽게 형성되는 것이다.

여기서 쉰다는 것은 게으름이나 무관심을 뜻하는 것이 아니라, 정보를 흡수하되 분석을 위해 거기에 매달리지 않고 흘려보낸다는 의미이다. 이런 식으로 정보와 자극을 받아들이면 기분 좋은 상태, 다시 말해 주어진 일에 만족하는 상태를 유지할 수 있다.

일단 당신이 자기의 생각을 이해하고 나면, 이와 같은 마음의 여유 상태가 나태와는 거리가 멀다는 사실을 깨닫게 될 것이다.

행복은 모든 외부적인 정보를 새롭고 독창적인 시각으로 바라보게 해줄 뿐만 아니라, 적시에 합리적이고 생산적인 결정을 내리게 도와준다. 나아가 행복은 삶에 역행하는 것이 아니라 거기에 순응하면서 조화롭게 지내도록 해주는 한편, 당신의 지혜와 상식이 표면 위로 떠오를 수 있도록 격려를 아끼지 않는다.

당신이 인위적으로 행복에 관한 어떤 이론에 집착한다면 당신은 결코 행복을 느낄 수 없을 것이다. 왜냐하면 그럴수록 현재 당신의 내부에 있는 행복은 더욱더 은폐되기 때문이다. 그러한 이론들은 행복으로부터 당신을 멀리 떼어놓을 것이다. 그렇게 되면 당신이 가고자 하는 방향에서 멀어질 수밖에 없다. 당신이 과거와 귀찮은 문제에 지나치게 집착하면 불행해지는 것이 당연하다는 것을 새삼 확인시켜 줄 뿐이다.

당신의 과거는 끝났다. 과거는 시간을 통해, 당신의 생각을 통해 운반된, 그 자체로는 무해한 기억일 뿐이다. 그 당시에는 현실이었지만 지금은 아니다. 당신은 과거를 통해 교훈을 얻을 수는 있겠지만, 그것에서 행복을 구하려 한다거나 그것을 필요 이상으로 해부하는 것은 그야말로 어리석은 행동이다.

다음의 두 사람 중 누가 더 바람직한지 생각해 보자.

A는 고통스러운 과거를 안고 있지만, 생각이 자신에게 미치는 효과를 올바르게 이해하고 있다. B는 삶의 초반부는 술술 잘 풀려 나갔지만, 지금은 완벽하지 못한 과거의 요소들에 관심의 초점을 맞추면서 그 때문에 우울증에 걸릴 정도로 자신의 그런 생각을 믿고 있다. A는 고통스러운 과거에도 불구하고 충만하고 행복한 삶을 살 수 있다. 이에 비해 B는 현재의 삶 때문이 아니라 자신의 생각 때문에 고통을 겪는다. B는 겉으로 볼 때는 화려하고 멋있게 살고 있지만 늘 불행과 심리치료, 신경안정제와 가까이 있다.

행복은 늘 우리의 마음속에 있다. 마음속에 있는 행복을 어떻게 받아들이느냐에 따라서 행복의 순간도 변할 수 있다. 불행한 마음을 지니고 있는 사람이 어떻게 현재의 행복을 누릴 수 있겠는가? 우리 마음속에 숨어 있는 행복을 찾는 길이 행복으로 가는 지름길이다.

누군가가 당신의 실수를 자꾸 상기시키거나 남들에게 얘기한다면, 당신은 행복을 느끼지 못할 것이다. 아이들이 다 자라면, 혹은 결혼을 하면 지금보다는 훨씬 나은 삶을 살 수 있으리라는 막연한 기대를 해도 역시 행복을 느끼지 못할 것이다.

행복은 집착하는 순간 무너진다. 집착은 어떤 경우이건 행복한 감정을 희생시킨다.

87

욕망을 채운다고 행복해지는 것은 아니다

사람들은 대다수가 자기만족에 너무 집착한 결과, 만족을 잃으면 비탄에 빠지고 만다.
그러나 기쁨을 알고 동시에 그 기쁨의 원인이 사라지더라도 한탄하지 않는
사람만이 옳은 사람이다.
– 파스칼 –

기대는 희망과도 유사하고, 걱정에 비해 좋은 느낌을 주는 것은 사실이지만 행복은 아니다. 미래를 생각하면서 목표를 설정하는 것은 좋은 일이지만, 그렇다고 해서 이를 행복의 감정과 혼동하지는 말라.

행복은 합리적이고 체계적인 목표 설정과는 거리가 멀다. 행복은 지금 이 순간 당신이 살아 있다는 사실에 감사하는 감정이다.

당신은 원하는 것을 얻은 직후에 잠시 동안 행복을 느낄 수도 있다. 그러나 이는 당신의 욕망이 충족되었기 때문이 아니라 관심을 일시적으로 다른 데로 돌렸기 때문에 가능한 것이다.

당신이 원했지만 가지지 못한 것들에 관심의 초점을 맞추는 순간, 필시적으로 당신은 행복의 감정을 잃어버리고 불만스러운 감정에 이르게

될 것이다. 그렇게 되면 당신의 마음은 만족을 얻기 위해 다시 외부에서 무엇인가를 찾기 시작할 것이다. 말하자면, 불행의 영원한 악순환이 시작되는 것이다.

어떤 욕망을 채우는 것이 행복한 감정의 원인이 될 수 있다면, 우리 모두는 벌써 행복해졌을 것이다.

그러나 당신이 원하던 것을 얻었음에도 불구하고 행복하지 않은 경우도 수없이 많았다는 사실을 기억하라.

행복은 목표나 욕망보다 근원적인 것이고 먼저 오는 것이다. 그리고 충족된 욕망은 당신을 잠시 행복하다고 믿게끔 최면을 거는 한낱 최면제에 불과하다. 욕망이 영속적인 것을 특징으로 하는 행복과 근본적으로 다른 점이다.

88

과거가 현재의 즐거움을
방해할 수 없다

남의 뒤만 따르는 자는 성공할 수 없다. 특별한 무언가를
찾으라는 것이 아니다. 자신에게 주어진 환경에서 최상이 무엇인지,
차별화 할 소재는 어떤 것인지 늘 생각하라.
– 루치아노 베네통–

 우리의 문제가 과거의 어떤 일과 관련이 있다면 어떻게 될까? 오래된 문제나 상처가 지금은 우리의 기억 속에서만 사실이라면, 그 과거들은 어째서 현재의 우리를 못살게 구는 것일까?

사실 우리가 과거에 어떤 경험을 했든 현재의 삶을 즐기지 못할 이유는 없다. 다시 말해 시간을 통해 과거의 사건들을 운반하는 것은 우리의 기억이라는 점을 이해한다면 문제는 간단하다.

자신의 생각 때문에 겁을 먹거나 하는 일이 없다면, 우리가 과거에 무슨 경험을 했든 간에 좀 더 행복한 삶을 향해 나아갈 수 있다. 과거의 환경으로부터 우리를 해방시켜 주는 것은 시간의 경과가 아니라, 생각의 본질에 대한 이해를 통해 문제를 잊어버리는 우리의 능력에 달려 있다.

문제를 극복하기 위해 시간의 경과에만 기댄다면, 우리의 자유 의지와 생각하는 능력을 제대로 발휘해 보지도 못한 채 인과 관계의 틀 속에 갇힌다.

어떤 사건으로부터 회복하려면 일정한 양의 시간이 필요하다고 믿어도 결과는 불행해질 수밖에 없다. 왜냐하면 지금 이 순간에도 우리의 통제를 벗어난 상황이 발생하고 있기 때문이다.

상처를 치유하기 위한 인위적인 시간을 설정한다면, 생각은 무서운 것이며 자신은 과거의 희생자라는 믿음을 인정하는 것이 된다. 그러나 실은 결코 그렇지 않다.

우리가 생각의 본질을 들여다보면, 생각 그 자체는 무해하다는 것을 알 수 있다. 마음속에 떠오르는 생각이라고 해서 모든 관심을 쏟을 만큼 가치가 있는 것은 아니다. 생각의 본질을 이해할 때, 생각이 우리에게 미치는 역효과로부터 자유로울 수 있다.

생각에서 벗어날 수 있는 길은 없다. 즉 우리는 생각을 이해하는 수밖에 없다. 생각을 제대로 이해하면 당신은 행복한 느낌, 즉 평온한 마음에서 나오는 평화와 만족의 감정을 다시 한 번 느낄 수 있을 것이다. 긍정적인 감정 상태에서는 문제를 해결하는 것이 그전만큼 어렵지 않다.

89

미래에 대한 불안은 마음의
병이 된다

재능 있는 사람은 성취하고 천재는 창조한다.
-독일 속담-

 당신이 만약 앞으로 다가올 미래에 대한 불안으로 고민에 빠져 있다면, 그것은 매우 부질없는 것이다. 이 세상에 오지 않은 미래 때문에 걱정할 이유는 없다. 왜 냐하면, 당신이 지금 미래에 대해 걱정하든 그렇지 않든 미래의 어떤 일은 어차피 당신에게 다가올 것이기 때문이다.

불안이란 앞으로 일어날지도 모르는, 혹은 일어나지 않을 수도 있는 사건이 원인이 되어 현재의 자신을 속박하는 것이다.

물론, 이 불안이라는 것은 분명 자신의 장래에 대한 계획과는 확연히 다른 것이다. 장래의 계획이 보다 나은 미래를 위한 것이라고 한다면, 불안은 미래에 일어날 사건 때문에 현재의 자신이 혼란에 빠져 있는 것이기 때문이다.

세상을 살아가다 보면 우리는 과거를 후회하고, 미래를 불안하게 느끼기도 한다.

내가 앞에서 말한 과거에 대한 모든 대책들은 전부 미래에도 적용될 수 있다. 즉 과거를 이미 일어나버린 일이라고 치부할 수 있다면, 미래도 또한 어차피 일어날 일이라고 치부해버릴 수 있다는 말이다.

예를 들어, 미국에서 대공황이 일어났던 과거를 떠올려 보자. 당시 미국 국민들은 미래에 대한 수백 가지의 불안과 공포에 휩싸여 있었다. 끼니 걱정에서부터 자신과 가족이 앞으로 어떻게 살아가야 하는지, 더 나아가 이대로 나라가 망해 버리는 것은 아닌지까지 무수한 고민들로 골머리를 썩였다.

그러나 그 후로 오랜 기간이 지난 지금은 어떠한가? 당시의 공황은 그저 이미 역사가 되어버린 시간의 한순간이 되었다.

그리고 그 역사의 어려운 시기를 극복할 수 있었던 원동력은 결코 사람들이 느꼈던 불안이 아니라 이 어려움을 극복해야겠다는 희망과 의지였을 것이다.

만약, 당시의 사람들이 모두 미래에 대한 불안에 전전긍긍하느라 아무 일도 하지 못하고 체념해버렸다면, 아마 그들의 불안대로 상황은 더욱 어려워졌을 것이다.

당시의 상황을 받아들이고 현재에 충실하고자 했던 사람들에 의해 그 어려움이 극복되었음은 두말할 필요도 없다.

우리 자신이 현재 느끼고 있는 불안에 대해서도 똑같이 말할 수 있다. 현재 지구상에 살고 있는 우리들 대신 완전히 다른 사람들이 살고 있을 먼 훗날, 우리가 불안을 느끼며 살았던 시간 때문에 과연 무엇이 바뀌겠는가?

그런 일은 절대 없다. 그리고 지난날에 불안의 시간을 가졌던 것이 오늘날 그 염려하던 문제를 변화시키는 데 어떤 도움이 되겠는가.

그렇다면 미래에 대한 불안이라는 것도 과거에 대한 후회와 마찬가지로 떨쳐버려야 할 마음의 상태이다.

우리에게 아무런 이득도 되지 않는 이 불필요한 감정 때문에 현재라는 귀중한 시간을 낭비하는 것은 매우 어리석은 일임을 명심하자.

90

지금 누리고 있는 것에
감사하라

실패는 고통스럽다.
그러나 최선을 다하지 못했음을 깨닫는 것은 몇 배 더 고통스럽다.
−앤드류 매튜스−

 현대인들은 매우 풍요로운 물질 문명 속에 살고 있다. 통계에 따르면 미국의 인구는 전세계 인구의 6 퍼센트밖에 되지 않지만, 세계 천연 자원의 거의 절반을 사용하고 있다고 한다.

보다 많은 사람들이 현재보다 좀더 나은 생활을 하게 된다면, 인류는 역사상 가장 행복하고 만족스런 문화 속에 살게 될 것처럼 보이기조차 한다. 하지만 현실은 그렇지 않다. 우리는 그 가까이에도 이르지 못하고 있다. 곰곰이 생각해 보면, 역사상 가장 불만족스러운 문화 속에 살고 있는 것이다.

많은 것을 소유하는 것 자체는 별로 나쁘거나 해로운 일이 아니다. 다만 좀 더 많이 가지려는 욕심은 끝이 없는 것이고, 그 욕심은 절대 충족될 수 없다는 데 문제가 있다. '많을수록 좋다' 라는 생각을 가진 사람은 결코 현재에 만족하는 법이 없다.

사람들은 뭔가를 갖게 되고 소망을 이루게 되는 즉시 다음 목표를 향해 달려간다. 인생과 삶이 내려준 축복을 향유하고 음미할 틈조차 없다.

한 예로, 좋은 동네에 멋진 집을 새로 구입한 어떤 남자 얘기를 할까 한다. 그는 새로 이사한 다음날까지는 행복했다. 그런데 그 기쁨은 얼마 가지 않아 곧 사라지고 말았다. 불과 며칠 후 좀더 크고 좋은 집을 사고 싶다는 욕심이 그의 마음속에서 자라나기 시작하더니 결국 온통 그 생각에만 매달리게 되었다. '많을수록 좋다' 라는 생각에 사로잡힌 그는, 그 집에서는 더 이상 단 하루도 즐겁게 지낼 수가 없게 되고 말았다.

그가 조금 더 유별나다고 말할 수는 있어도, 우리들 대부분이 그와 비슷하다.

달라이 라마가 1989년에 노벨 평화상을 수상했을 때 한 기자가 "다음은 뭐죠?" 하고 질문을 던졌다는 이야기는 이러한 현실을 극명하게 드러내 준다.

집과 자동차를 구입하고, 식사를 하고, 배우자를 찾고, 옷을 사고, 명예롭게 승리할지라도 결코 그 자리에서, 평범함 속에서 만족하지 못하는 사람들이 주위에 너무나 많다.

이러한 그릇된 경향을 극복하는 묘책은 많고 크다고 해서 더 좋은 것은 아니며, 문제는 현재 갖지 못한 것에 있다기보다는 더 큰 것을 갈망하는 습관에 있다는 것을 깨닫는 일이다.

'만족' 이란 자신이 가진 것 이상을 원해서는 안 되며, 원할 수도 없다는 것을 의미하는 것이 절대로 아니다. 다만 행복해지기 위한 조건이 '많거나 거창한 것'에만 있는 것은 아니라는 말이다.

바라는 것에 지나치게 매달리지 않고, 현재의 순간에 좀 더 충실 할 때 우리는 비로소 행복해진다. 무엇이 보다 나은 삶인가를 생각하면서, 지금 간절히 원하는 것을 얻게 되더라도 계속해서 더 좋은것, 나은 것에 눈길을 돌리는 한 결코 만족할 수 없을 거라는 사실을 차분히 떠올려라.

그리고 이미 누리고 있는 축복에 대해 감사하라. 마치 자신의 삶을 처음 대하듯, 새롭고 신선한 시선으로 바라보자. 이러한 인식을 발전시켜 나감에 따라, 무엇을 새롭게 얻거나 성취하는 경우에 감사하는 마음이 더욱 커질 것이다.

행복은 자신이 가진 것과 원하는 것 사이에 얼마만큼의 차이가 있느냐에 달려 있다. 일생 동안 '좀더!'를 외치면서 살아갈 수도 있고, 의식적으로 작은 것에 만족하며 살겠다고 결심할 수도 있다.

선택은 자신에게 달려 있다.

91

바로, 지금 이 순간에 행복이 있다고
생각하라

흑인이었다. 사생아였다. 가난했다. 뚱뚱했다. 미혼모였다.
"그래서? 그게 뭐 어쨌다고?"
—오프라 윈프리—

 행복한 사람에게는 행복의 공식이 아주 간단하다. 즉, 행복한 사람은 오늘 아침에, 지난 주에 혹은 작년에 무슨 일이 일어났든, 나아가 오늘 저녁에, 혹은 내일, 혹은 지금부터 3년 후에 무슨 일이 일어날 것이든 상관없이 바로 지금 이 순간에 행복이 있다고 생각한다.

행복한 사람들은 삶이란 순차적으로 일어나는 현재의 연속일 뿐이라는 사실을 잘 알고 있다. 행복한 사람들에게 과거는 가능한 한 삶의 많은 부분을 현재 속에서 살아야 한다고 가르쳐 주는 존재일 뿐이며, 미래는 현재를 더 많이 경험하는 시간일 뿐이다. 대체로, 행복한 사람들은 진정한 삶이란 지금 바로 이 순간에 존재한다고 믿는다.

지났거나 지나가버릴 순간이 아니라 현재의 순간에 관심을 집중시켜

라. 그러면 생산성과 창의성, 나아가 목표를 달성하는 능력이 극대화될 것이다. 지나치게 미래 지향적이거나 과거 지향적인 생각은 당신의 시야를 흐리게 할 뿐 아니라, 당신이 지금 이 순간에 하고 있는 일을 훼방한다.

반면, 생각이 현재 지향적일수록 목표를 달성하기가 쉬워진다. 궤도에서 이탈하지 않고 집중할 수 있기 때문이다. 쉽게 말해, 마음이 흔들리지 않으면 현명하고 적절한 결정을 내릴 수 있다.

일찍이 헨리 소로는 이렇게 말했다.

"무엇보다도 우리에게는 현재 속에서 살지 않아도 될 여유가 없다. 과거를 기억하느라 흘러가는 삶의 순간을 허비하지 않는 사람만큼 큰 축복을 받은 사람은 없다."

나도 이 말에 적극 동의한다. 이 원리를 터득하는 것은 아주 간단하다. 약간의 훈련이면 된다. 오늘부터 당장 시작하도록 하라.

그리고 당신의 생각이 어디에 초점이 맞춰져 있는지 관찰하라. 당신은 지금 이 순간 당신이 하고 있는 일에 몰두하고 있는가? 아니면 미래나 과거 주변에서 표류하고 있는가?

아마 당신은 하루에도 수십 번씩, 아니 수백 번씩 표류하고 있는 자신을 발견할 것이다. 하지만 걱정할 필요는 없다. 얼마 안 가 이 숫자는 눈에 띄게 줄어들 테니까, 이제 곧 당신은 현재의 순간에 몰두하면서 행복과 만족을 느끼는 자신을 보게 될 것이다.

마무리 체크

나는 지금 행복한가?

행복은 어쩌다 우연히 일어나는 것이 아니다.

"…한다면 행복할 거야."라는 말을 하는 순간, 당신은 절대

행복해질 수 없다.

-리처드 칼슨-

92

성공이란 무엇인가?

성공이란 성공에 대한 의식 상태가 제대로 되어 있는
사람들에게만 찾아오는 것이며 실패란 아무런 관심 없이
자신들의 실패의 의식 상태로 내버려두는 사람들에게 찾아오게 된다.
－칼슨－

 사람들은 대개 이른바 성공이라는 것에 도취되기 쉽다. 성공을 하고, 찬사와 인정을 받고, 동의를 구하는 데 급급하며 인생을 보낸다. 하지만 그것에 너무도 집착한 나머지, 진정으로 가치 있는 것을 보지 못하고 지나치기도 한다.

보통 사람들에게 "의미 있는 성취란 무엇일까요?" 하고 묻는다면 어떤 대답이 나올까? "장기적인 목표를 이루는 거죠", "큰돈을 버는 게 아닐까요?", "물론 경쟁에서 이기는 거죠", "승진하는 겁니다", "최고가 되는 거죠", "인정을 받는 거죠"라는 대답이 대부분일 것이다.

사람들은 거의 예외 없이 인생의 외적인 측면에 중심을 둔다. 성장에 집중하는 것이 분명 잘못은 아니다. 성취란 어떤 일에 점수를 매기고, 우리의 생활을 향상시키는 한 방법이기 때문이다.

하지만 인생의 주된 목표가 행복과 내적 평화인 사람들에게는 이러한 것들이 그다지 중요한 성취 목록에 포함되지 않을 것이다. 지역 신문에 자신의 사진이 실리는 일 등은 실로 엄청난 성공일 수 있다. 하지만 역경에 직면했을 때 중심을 잃지 않는 법을 배우는 것만큼 의미 있는 일은 아니다. 그럼에도 많은 사람들이 자신의 사진이 신문에 실리는 것은 대단한 성공으로 여기는 반면, '중심을 잃지 않는 것'은 그리 중요한 성취로 생각하지 않는다.

그렇다면 과연 우리가 인생에서 가장 우선시해야 하는 것은 무엇일까? 평화와 사랑으로 충만한 삶을 살고 싶다고 얘기하면서도, 삶의 질을 향상시켜 주며, 삶의 척도가 되는 친절과 관용 같은 것을 가장 의미 있는 성취로 정의 내리지 않는 이유는 무엇일까?

나는 가장 의미 있는 성취는 자신의 내부로부터 나온다고 생각한다. 자신과 타인에게 친절했는가? 어떤 도전에 대해 과민반응을 보이지는 않았는가? 침착하게 행동했는가? 나는 행복한가? 너무 완고하지는 않는가? 관대하게 처신했는가?

이런 질문들 내지 이와 비슷한 질문들은, 성공의 진정한 척도는 어떤 일의 평가에 있는 것이 아니라, 우리가 누구인지 혹은 마음속에 얼마나 많은 사랑을 간직하고 있는지 하는 것들에 있다는 점을 깨닫게 해준다.

오로지 외형과 물질적인 성취에만 탐닉하지 말고, 인생에서 정말 중요한 것들이 무엇인지 고민하도록 하자. '의미 있는 성취'가 무엇을 뜻하는지 다시 한번 곰곰이 생각해 보고, 새롭게 정의하는 사람 앞에는 보다 빛나는 열매가 기다리고 있다.

93

인생은 시험이다

도중에 포기하지 마라. 망설이지 마라.
최후의 성공을 거둘 때까지 밀고 나가라.
—데일 카네기—

 내가 제일 좋아하는 말 중 하나는, '인생은 시험이다. 단지 시험에 불과하다. 실제 인생이었다면 당신은 어디로 가고 무엇을 해야 하는지 미리 교육 받았을 것이다' 라는 말이다.

이 재치 있는 문구를 떠올릴 때마다, 나는 인생을 지나치게 심각하게 받아들이지 않겠다고 새롭게 다짐한다. 인생과 인생에서 부딪히는 많은 도전들을 시험이라고 생각하면, 지금 직면하고 있는 각각의 문제들이 성장을 위한 기회로 보이기 시작한다.

이처럼 숱한 문제와 책임, 극복하기 힘든 장애들에 둘러싸여 있을 때, 그것들을 하나의 시험이라 생각하고 달려든다면 항상 어려움을 딛고 성공할 수 있다. 그러나 각각의 새로운 문제들을, 자신이 살아남기 위해서 반드시 이겨야만 하는 싸움으로 간주할 경우에는 인생이 몹시 고달픈 존재가 된다. 이때는 모든 것이 제대로 됐을 때에만 행복을 느낄 수 있다. 그러나 '모든 일이 제대로 된다는 것'은 얼마나 일어나기 힘든 일인가?

실험 삼아, 어떤 문제에 이 생각을 적용해 문제를 해결할 수 있는지 찾아보도록 하라. 예를 들어 다루기 힘든 10대 소년이나 까다로운 상사가 있을 수 있다. 그리고 직면한 문제를 '문제'가 아닌 '시험'으로 재정의할 수 있는지 시도해 보자. 문제를 해결하기 위해 애쓰는 대신, 그 문제로부터 배울 점이 있는지 살펴보자.

자신에게 "왜 내 인생에 이런 문제가 생긴 거지? 이 문제가 의미하는 바는 무엇이고, 극복하려면 무엇이 필요하지? 이 문제를 다른 각도로 볼 수는 없을까? 단지 시험으로 볼 수는 없을까?" 하고 물어보라. 나는 예전에는 시간이 촉박하다고 생각하고 문제를 해결하기 위해서 안절부절못하며 종종걸음을 치곤 했다. 모든 것을 잘 해내기 위해 어디든 서둘러 다녔고, 나의 스케줄, 가족, 내가 처한 상황 그리고 그 곤란한 상황의 원인이 될 만한 모든것을 탓했다. 그러다가 다음과 같은 생각이 문득 떠올랐다.

행복해지고 싶다면, 지금보다 더 많은 시간을 얻기 위해 인생을 완벽하게 조직화하려고 애쓰기보다는, 의무적으로 했던 일들을 그만두어도 좋을 때를 정확히 판단해야만 한다는 것이다.

달리 말해, 나의 진짜 도전은 나의 힘겨운 노력을 시험으로 보는 것이었다. 그리고 문제를 하나의 시험으로 간주하게 된 후부터 좌절감을 극복하기가 훨씬 쉬워졌다. 나는 지금도 이따금 시간이 부족하다는 생각에, 더 많은 시간을 짜내려고 애쓴다. 하지만 이런 경우는 예전보다 훨씬 줄어들었고, 문제들을 있는 그대로 받아들이는 데 익숙해졌다.

94

스쳐 가는 일에 마음 쓰지 마라

명예롭지 못한 성공은 양념을 하지 않은 요리와 같아서,
배고픔은 면하게 해주지만 맛은 없을 것이다.
-조 파테이노-

 이것은 내가 최근 들어 채택한 최신(?) 방법이다.

'스쳐 간다' 는 말 그대로, 좋은 것과 나쁜 것, 쾌감과 고통, 동의와 거절, 성취와 실수, 명성과 치욕과 같은 모든 일들은 우리의 인생에 잠시 다가왔다가는 사라진다. 시작이 있으면 끝도 있으며, 그것은 자연스런 현상이다.

과거에 경험했던 모든 일들도 지금은 끝난 상태이다. 이전부터 가져왔던 생각들에도 모두 시작과 끝이 있었으며, 희로애락의 모든 감정과 기분 역시 살아오면서 계속, 끊임없이 변화돼 왔다. 한가지 감정만이 우리의 마음을 꿰차고 들어앉는 일은 없다.

인간이라면 누구나 행복, 슬픔, 질투, 우울, 분노, 사랑, 수치심, 명예와 같은 모든 감정들을 경험하게 마련이다.

그런데 그것들은 지금 모두 어디로 사라졌는가? 그 정답은 사실 아무도 모른다. 단지 우리가 아는 거라곤, 결국 모든 것이 무(無)로 사라진다는 것이다. 이 진실을 삶에 받아들일 때, 비로소 스스로를 자유롭게 하는 모험이 시작된다.

사람들은 대개 두 가지 사실에 대해 실망하곤 한다.

기쁨을 경험하는 순간, 사람들은 그것이 영원히 지속되기를 기대한다. 하지만 그렇게 되는 법은 없다. 고통을 겪게 될 때, 당장 그것이 사라져 주기를 바라는 것 또한 보통 사람들의 마음이다. 하지만 인생은 늘 희망대로 이루어지지는 않는다.

불행은 자연스런 흐름에 저항할 때 생기는 침전물이다. 인생이 여러 가지 일들의 연속이라는 사실을 인식하는 것이야말로 잔뜩 흐려진 마음을 맑게 정화하는 데 큰 도움이 된다. 현재의 한 순간은 시간과 함께 흘러가 버리고 그 자리는 계속되는 또 다른 순간들로 메워진다.

흥겹고 즐거운 시간이 가져다주는 행복감일랑 맘껏 누려라. 하지만 결국 그 순간에도 다른 일이 다가오고 있으며, 다른 순간들로 대체될 것이라는 사실 또한 명심할 일이다.

스쳐 가는 모든 일들에 대해 마음을 비우고 개의치 않게 되면, 변화 무쌍한 삶의 순간에서도 평화를 느낄 수 있다. 어떠한 고통이나 불쾌한 상황 역시 자신을 스치고 지나가는 바람에 불과하다는 사실을 잊지 말기 바란다.

이러한 인식을 마음에 새겨 두면, 역경에 직면한 순간에도 앞으로 살아갈 날들에 대한 희망을 잃지 않는다. 항상 이렇게 하는 것이 쉽지는 않겠지만, 그렇기 때문에 더욱 그럴 만한 가치가 있다.

95

모든 생명은 끊임없이 변화한다

창조란 우리들이 살고 있는 이 우주를 바꾸려고 노력하는 것이다.
가급적이면 더 보태려고 노력하는 것, 우주에 이미 부여된 것에
나쁜 것이 아닌 좋은 것을 더 보태려고 노력하는 것이다.
－토인비－

 이것은 내가 30여 년 전에 깨달은 부처의 가르침 중 하나이다. 이 가르침은 내가 포용적인 인간이라는 목표를 향해 계속해서 수양을 쌓아가는 데 커다란 도움이 되었으며, 훌륭한 길잡이 역할을 해주었다. 이 가르침의 핵심은 모든 생명은 끊임없이 변화하며, 모든 것에는 시작과 끝이 있다는 사실이다. 모든 나무는 씨앗으로 시작해 결국에는 흙으로 돌아간다. 어떤 바위든지 간에 처음에는 일정한 형태를 갖추었다가 결국에는 먼지로 사라지게 된다. 세상살이도 이와 마찬가지다. 자동차, 기계, 옷 등 모든 문명의 이기들이 새롭게 만들어졌다가 끝내는 닳고 해진다. 이것은 단지 시간의 문제일 뿐이다. 우리의 육체 또한 태어나서 언젠가는 죽게 된다. 아무리 아끼고 애지중지하던 유리잔도 언젠가는 결국 깨지고 말 것이다.

이 가르침에는 평화롭게 살아가는 지혜가 숨어 있다. 무엇이 깨지게 될 것을 예상하며 살아가는 사람은 실제로 일이 벌어져도 지나치게 놀라거나 실망하지 않는다. 자신의 삶에서 무언가가 파괴되거나 사라져 버렸을 때, 온몸이 굳어져 버리거나 슬픔에 빠져 허우적대지는 않는다. 오히려 지금 바로 자신 앞에 놓인 시간에 대해 감사한다.

가령, 물잔과 같은 단순한 사물로부터 시작하는 것이 좋을 듯싶다. 자신이 가장 좋아하는 물잔을 꺼내라. 그리고 잠시 그것을 바라보며 물잔의 아름다움과 그 물잔이 자신에게 특별히 의미하는 바를 생각하라. 그런 다음 그 물잔이 이미 깨져서 바닥에 조각조각 흩어져 있다고 상상해 보라. 그리고 머지않아 이 세상 모든 것이 해체되어 본래의 형태로 돌아가게 된다는 진리를 가슴속에 새겨 두도록 하라. 자신이 가장 좋아하는 물잔이나 그 밖의 어떤 물건이 깨지기를 바라는 사람은 아무도 없다. 그리고 이 철학이 단지 삶에 대해 수동적으로 또는 무감각하게 되라는 것을 의미하지도 않는다. 그보다는 있는 그대로의 상태에서 사실을 겸허하게 받아들이고 평화를 느끼라는 것이다.

실제로 물잔이 깨지더라도, 이 철학은 이성을 잃지 않도록 도와준다. '이런 맙소사!' 하고 비명을 내지르는 대신 "저런, 깨져 버렸군" 하고 생각하는 자신의 모습을 발견하게 되는 것이다. 이러한 깨달음은 인생을 새롭게 변화시켜 준다. 마음의 안정을 유지할 수 있게 해줄 뿐 아니라, 이전과는 비교할 수 없을 만큼 삶의 가치가 소중하게 느껴질 것이다.

96

지금 있는 그곳이 바로
자신의 자리이다

시간이란 실제로 존재하지 않는다.
현재만이 우리가 가진 유일한 시간이다.
−앤드류 매튜스−

이것은 욘 카밧진이 쓴 책의 제목이다. 제목이 암시하듯, 우리가 어디에 가건 그곳에 자신을 데리고 가게 된다! 이 말에는 현재의 위치가 아닌, 지금과는 다른 상황에 처해 있기를 바라고 꿈구는 것을 그만두라는 가르침이 담겨 있다. 사람들에게는 지금과 다른 상황, 예를 들어 휴가 중이거나, 다른 파트너와 함께 있거나, 다른 직장, 다른 집에 있다면 지금보다 만족스러울 것이라고 믿는 경향이 있다. 하지만 사실은 그렇지 않다.

걸핏하면 짜증을 내고 귀찮아하거나, 오랫동안 화를 내고 작은 일에도 쉽게 좌절을 하는, 자기 파괴적인 습관을 가진 사람, 혹은 항상 뭔가 다른 것을 바라는 사람은 어디에 가건 상황이 변하든지 자신을 괴롭히는 일들이 여전히 따라다니게 마련이다.

그리고 그 반대로, 짜증을 내거나 무엇이든 귀찮아하는 일이 드문 행복한 사람은, 장소가 바뀌고 새로운 사람을 만나게 되더라도 외부의 부정적인 영향을 거의 받지 않는다.

한번은 누군가 내게, "캘리포니아에 사는 사람들은 어때요?" 하고 물어 온 적이 있다. 나는 "당신이 사는 곳의 사람들은 어때요?" 하고 그에게 되물었다. 그러자 그는 "이기적이고 탐욕스럽죠" 하고 대답했다. 나는 그에게, 만약에 그가 캘리포니아에 온다면, 그곳에 사는 사람들 역시 이기적이고 탐욕스럽다고 생각할 거라고 말해주었다.

자신이 가고 싶은 곳에 초점을 맞추는 대신, 현재 자신이 있는 곳, 자신이 처한 상황에서 좀더 평화로워지는 방법이 무엇인가를 발견하는 데 관심을 집중하라고 권하고 싶다. 그것만으로도 당장 평화를 느끼기 시작하게 될 것이기 때문이다.

일단 이 방법을 터득하고 나면 이사를 하거나, 새로운 일을 시도하거나, 새로운 사람들을 만날 때마다 자기 자신과 내적 평화를 함께 '가져갈' 수 있을 것이다. '어디에 가건 지금 있는 그곳이 바로 자신의 자리'라는 말은 인생을 살면서 점점 더 절실하게 느끼게 되는 진리이다.

97

지금 나에게 정말 중요한 것이 무엇일까?

성공을 확신하는 것이 성공에의 첫걸음이다.
−로버트 슐러−

사람들은 혼란과 책임, 그리고 삶의 목표 앞에서 쉽게 길을 잃고 그 무게에 짓눌린다. 일단 인생의 고단함에 압도당하게 되면, 자신에게 가장 친근하고 소중한 것을 잊어버리거나 뒤로 미루고 싶은 유혹에 빠질 수도 있다.

이러한 상황에서는 계속해서 자신에게 "정말 중요한 것이 무엇이지?" 하고 묻는 것이 도움이 된다.

나는 아침 일찍 일어나, 매일같이 몇 초간 스스로에게 이 질문을 던져본다. 나 자신에게 정말 중요한 것이 무엇인가를 상기시키고 나면, 우선적으로 해야 하는 일에 집중하기가 한결 쉬워지기 때문이다. 내게 주어진 수많은 책임 속에서 나는 이러한 질문을 통해 인생에서 가장 중요한 것이 무엇인지, 에너지를 어디에 쏟아야 하는지 그 선택은 나 자신에게 달려 있다는 사실을 떠올리게 된다. 그래서 아내와 아이들을 위해 시간을 내고, 글을 쓰고, 내면을 갈고 닦는 데 힘쓰는 등의 일에 소홀하지 않게 된다.

아주 단순하게 보일 수도 있지만, 이 방법이 인생을 살아가는 데 큰 도움이 된다는 점만큼은 분명하게 얘기할 수 있다. 인생에서 정말 중요한 것에 대해 생각하고 나면, 나는 그 순간에 좀더 충실하게 되고, 덜 서두른다. 내 의견이 옳다고 주장하는 것에도 별 매력을 못 느낀다. 그러나 반대로, 그 질문을 던지는 것을 깜빡 잊는 경우에는, 우선적으로 해야 하는 것이 무엇인지 잊어버리고, 또다시 분주함의 포로가 된다. 아침마다 허겁지겁 문을 박차고 나가며, 인내력을 잃거나, 운동을 게을리 하고, 직장에도 늦는 등, 인생의 목표와는 동떨어진 행동을 하게 된다. 규칙적으로 잠시 시간을 내서 자신에게 "정말 중요한 것이 무엇이지?" 라는 질문을 던져보라. 자신이 내린 어떤 결정이 자신의 궁극적인 목표와 상충되지는 않는지 다시 한번 생각하게 될 것이다. 이 방법은 행동을 목표와 일치시키는 데 도움이 될 뿐 아니라 좀더 의미 있고 사랑으로 충만한 선택을 하도록 이끌어 준다.

98

오늘이 생의 마지막 날인 것처럼
살아라

나만 이렇게 행복해도 좋은 것인가?
(이 세상에는 행복한 사람보다는 불행한 사람들이 훨씬 많다는 것을 깨닫고
이런 의문을 가지게 된다.)
—슈바이처—

 우리는 언제 죽음을 맞이하게 될 것인가? 50년 후, 20년 후, 10년 후, 5년 후, 아니면 오늘? 내가 사람들에게 이 질문을 던졌을 때 그 누구도 대답하지 못했다.

퇴근하고 집으로 가던 중 교통사고를 당해 죽은 사람에 대한 보도를 듣게 될 때마다, 나는 가끔 그 사람이 살아 생전에 가족들에게 자신의 사랑을 얼마나 표현했을까 궁금해지곤 한다. 그는 진실한 삶을 살았을까? 그는 아름다운 사랑을 해보았을까? 어쩌면 가장 확실한 한 가지는 그가 미처 마치지 못한, 해야 할 일들이 남아 있을 것이라는 사실이다.

자신이 얼마나 더 오래 살 수 있을지 아는 사람은 아무도 없다. 하지만 서글프게도, 사람들은 마치 영원히 살 것처럼 행동한다. 우리는 마음속 깊이 원하고 있는 일들, 가령 사랑하는 사람들에게 자신이 그들을 얼마

나 소중하게 생각하는지 얘기하고, 혼자 조용한 시간을 보내고, 친구 집을 방문하고, 멋진 도보 여행을 하고, 마라톤을 하고, 마음에서 우러나는 편지를 쓰고, 딸과 함께 낚시를 가고, 명상법을 익히고, 사람들의 말에 귀 기울이는 일을 미룬다.

자신의 행동을 정당화하기 위해 정교하고 세련된 근거를 대며, 대부분의 시간과 정력을 그다지 중요하지 않은 것들에 낭비한다. 스스로의 한계를 정당화하기 시작하면, 결국 그것은 자신의 한계가 되어 버리고 만다는 충고도 무시한다.

나는 '오늘이 생의 마지막 날인 것처럼 살라' 는 제안으로 이 책을 끝내는 것이 가장 좋겠다고 생각했다. 그것은 분별없는 행동을 하거나 책임을 포기하는 데 대한 구실로서가 아니라, 인생이 실제로 얼마나 소중한가를 상기시켜 주고 싶기 때문이다.

한 친구가 "인생은 너무도 중요하고, 너무도 짧기 때문에 심각하게 받아들여서는 안 돼" 하고 말한 적이 있다. 10년이 지난 지금, 나는 그가 옳았다는 것을 깨달았다.

이 책이 당신에게 도움이 되었기를 바란다. 그리고 앞으로도 계속 도움이 되기를 희망한다.

가장 기본적인 방법인 '사소한 것에 골치 썩이지 말자' 는 말을 잊지 말라. 나는 진정으로 당신이 행복해지기를 바란다. 부디 자신을 소중하게 생각하라!

99

우리는 사소한 것에 목숨을 건다

인생을 바꾼 질문 하나 : "왜 나는 이렇게 살고 있는데,
저 사람들은 어떻게 성공적인 삶을 사는가?"
-마무리 체크-

 행복은 자기 이해에서 출발한다. 자기 이해를 하지 못한 사람들은 불행하거나 불행한 상태를 행복으로 착각하고 있을 가능성이 아주 많다. 자기 이해에서 나오는 만족을 경험하고 있지 못하다면, 자신을 향해 다음과 같은 질문들을 해보는 것이 도움이 될 수 있을 것이다.

🧩 나의 삶 전체가 정말 잘못된 것인가, 아니면 단지 기분이 조금 좋지 않을 뿐인가?

우리의 기분은 경험의 결과가 아니라 경험의 원인이다. 기분이 좋지 않을 때는 우리의 인생도 실제보다 불안하게 느껴진다.

기분이 나쁠 때 제일 좋은 방법은 일단 생각의 속도를 늦추고 거기에

서 관심을 거둔 다음, 그 기분이 나아지기를 기다리면서 조금 더 좋은 기분을 갖도록 노력하는 것이다. 그러면 당신의 인생이 처음보다 훨씬 좋게 느껴질 것이다.

🌼 나는 지금 행복을 찾는다면서 불행에 이르는 길을 가고 있는 것은 아닌가?

만약 내가 샌프란시스코에서 뉴욕으로 여행하고 싶다면, 방향을 동쪽으로 잡을 것이다. 그렇지 않고 방향을 남쪽으로 잡는다면 뉴욕이 아닌 로스앤젤레스로 가게 될 것이다.

만족감에 도달하는 데에도 똑같은 원리가 적용된다. 자신에 대해 부정적으로 표현하거나 나쁘게 생각하는 경우가 많으면, 당신은 행복에 이르는 길에서 벗어난다.

긍정적인 감정에서 우리를 떼어놓는 생각은 마음에 담아 둘 가치가 전혀 없다. 행복해지고 싶다면, 불행한 느낌이 아니라 행복한 느낌을 좇아가라.

🌼 나는 지금 긍정적인 감정보다 자신의 가치관을 우위에 두고 있지 않은가?

자신을 향해 '나는 올바르기를 원하는가, 아니면 행복하기를 원하는가?' 하고 질문을 던져 보라.

자신의 가치관이나 신념을 너무 심각하게 받아들인 나머지 만족스럽지 못한 기분을 느끼고 있다면, 그런 가치관은 고수할 가치가 전혀 없다고 할 수 있다.

긍정적인 마음 상태에 있으면, 긍정적인 감정 상태에 대한 믿음을 유지할 수 있을 뿐만 아니라 다른 사람들도 좋은 인상을 받는다.

❋ 나는 지금 다른 사람의 침울한 상태에 대응하고 있지는 않은가?

우리는 자기 자신이 기분에 따라 시시각각 변하는 존재라는 사실을 쉽게 잊어버린다.

성격이 아무리 좋은 사람이라도 기분에 따라 행복이 달라진다는 아주 사소한 사실을 기억한다면, 기분에 필요 이상으로 심각하게 대응하지 않을 것이다.

기분은 삶의 한 양상이다. 거리에서 마주치는 우리 주변의 모든 사람들은 모두 기분의 변화를 경험한다. 기분이 좋지 않으면, 사람들은 기분이 좋은 상태에서는 생각조차 못할 말과 행동을 해버린다.

사람들의 폭력성을 용서해야 한다는 말은 아니다. 다만 기분이라는 심리적 사실을 고려하고 이해해야 한다는 얘기다.

기분의 불가피성을 인정할 때, 거기에 대해 필요 이상으로 심각하게 대응하지 않으면 당신은 행복에 보다 가까이 다가갈 수 있다.

❋ 나는 지금 머릿속에서 언쟁을 치르고 있지는 않은가?

언쟁은 대부분 실제 사건의 전후가 아니라 우리 마음속에서 먼저 시작된다. 불쾌한 감정을 유발하는 생각은 우리에게 전혀 도움이 되지 않을 때가 많다.

불유쾌한 갈등이나 고민에 대한 해결책은 기분이 나아졌을 때 좀 더 쉽게 도출될 수 있을 것이다. 생각을 만들어내고 그것에 따르는 것은 다름 아닌 바로 우리 자신이다.

생각을 하는 사람은 자기 자신이라는 것을 인정하고 정신적인 혼란을 종식하고, 거기에서 벗어나면 훨씬 좋은 기분을 맛볼 수 있다.

🧩 나는 지금 문제와 씨름하고 있지 않은가?

모든 생각은 그것에 대한 관심과 몰두 속에서 성장한다. 우리의 에너지는 관심이 가는 곳으로 쏠린다.

우리가 계속해서 문제와 씨름하면, 합리적인 생각이 균형을 잃어, 결국 우리는 지혜와 상식에 이르지 못한다.

현재의 문제를 효과적으로 해결하려면, 거기서 멀찍이 물러나야 한다. 뭐든지 너무 가까이 있으면, 명쾌한 눈으로 바라보기가 그만큼 어렵기 때문이다.

문제를 그냥 내버려두면, 풀리지 않을 것만 같아 보였던 답이 저절로 나오기도 한다.

🧩 나는 스트레스를 너무 많이 받지 않는가?

스트레스의 수위는 우리의 인내력 수위와 정확하게 일치한다. 스트레스를 받을 때, 그것을 적절히 치유하지 않고 오히려 소매를 걷어붙이고 일에 몰두하는 경향이 있다면 아무리 노력해도 스트레스는 줄어들지 않는다.

따라서 스트레스를 받을 때는 휴식을 취하면서 생각을 멈추고 마음을 비워야 한다. 그렇게 해야 기분이 나아지면서 빠른 시간 안에 다시 일어날 수 있다.

스트레스를 덜 받기 위해서는 스트레스를 정도껏 받아들여야 한다. 즉 스트레스와 맞서서는 절대로 스트레스를 물리칠 수 없다.

스트레스를 받을 때면 그것을 인정하고 푹 쉬어야 한다. 그래야 스트레스를 조기에 발견할 수 있을 뿐만 아니라, 거기에 압도당하기 전에 제거할 수 있다.

❋ 나는 지금 나 자신에 대해 너무 많이 생각하고 있지는 않은가?

나 자신이나 자기가 한 일에 대해 지나치게 의식하는 것은 생각의 유연성을 떨어뜨린다.

자신의 행동에 대해 너무 많은 생각을 하면, 자긍심과 행복이라는 마음의 평정을 느끼지 못하기 쉽다.

어린 아이들을 자세히 관찰해 보면, 아이들은 자신의 노력이나 행위를 자랑스럽게 생각한다는 것을 알 수 있다.

이런 점은 아이들에게서 배워야할 점이다. 자기 회의는 창조적이고 긍정적인 자긍심을 말살한다.

나에게 주어진 삶의 귀중한 시간을 즐기려면 순간을 충실하게 살아야 한다.

우리 모두가 이런 식으로 삶에 근접한다면, 모든 일이 저절로 풀릴 것이다. 그리고 더욱 중요한 점은 그 과정에서 즐거움을 한껏 누릴 수 있다는 것이다.

❋ 나는 지금 과거에 연연하고 있지 않은가?

과거는 우리의 생각을 통해 옮겨지는 기억이다. 20년 전에 일어났건,

20분 전에 일어났건 과거는 지금 이 순간의 삶을 즐기는 것과는 아무런 상관이 없다.

이러한 생각에 대한 이해가 깊어질수록, 불행한 과거의 기억이 주는 고통에서 쉽게 벗어날 수 있다.

🌸 나는 지금 내 삶을 미루고 있지 않은가?

"당신이 다른 바쁜 계획을 세우는 동안 삶은 흘러간다."는 말이 있다. 행복을 찾고 행복을 좇으면 좇을수록 행복은 멀어진다.

행복은 우리가 이미 가지고 있는 감정이다. 얼마든지 행복에 다가갈 수가 있다.

행복은 어쩌다 우연히 일어나는 것이 아니다. "…한다면 행복할 거야."라는 말을 하는 순간, 당신은 절대로 행복할 수 없다.

행복은 당신이 건강한 심리 상태에서 당신의 삶을 올바로 이해할 때 느끼는 것이다.

당신에게 그럴 마음만 있다면, 당신은 바로 여기, 지금이라도 행복할 수가 있다.(＊)